「倉猝的旅遊實在浪費光陰，什麼也看不到。
蒙上帝的恩惠我有幸到此，
應當把握機會好好兒研究自然，
因爲我不會再來。
本能要我順著水流離去；
理智卻告訴我：作爲一個探險家，
匆忙穿越一個陌生之地，無異於臨陣脫逃。」

「我坐在小凳上，面前有個航海羅盤，
膝上放著記事本。
我隨時記下旅途的所見所聞。」

「在圭亞那，人稱『大樹林』的原始森林裡，
　陰森而冷峻。35至40公尺高的參天大樹，
　　成千上萬隻羽色豐美多彩的飛禽，
　　　　在林間鳴唱。」

「一隊印第安人，
從我們身旁輕快地走過，
宛如一座移動的森林。」

「烏阿尼卡爬上附近的一棵樹。
他手持一根頂端打了活結的長竿，
把活結套進野獸的頭頸，
然後猛力往下拉。」

目錄

Alain Gheerbrant

1920年生於巴黎。集詩人、作家、電影藝術家和探險家等頭銜於一身。
他在短期從事出版工作之後，赴哥倫比亞首都波哥大，
1948年在這兒組成了奧里諾科——亞馬遜河探險隊，擔任領隊。
他是第一個穿越帕里馬（Parima）山脈的人。
後來，他在世界各地考察，並根據心得著書和製作電影；
1955年拍攝電影：《黑白剛果》；1969年，出版《考證人類學叢書》。

亞馬遜雨林

人間最後的伊甸園

原著＝Alain Gheerbrant

譯者＝何敬業

時報出版

12

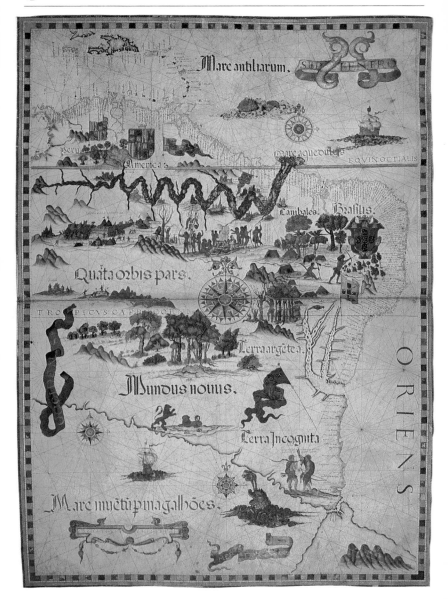

「**爲**什麼印第安人要拼死自衛?
一定是因爲他們是亞馬遜女兒國
（Amazones）的臣民,
所以一聽到我們抵達的消息,
他們就向女兒國求援。
我們看見十來名女勇士小隊長,
率領印第安人英勇作戰,
印第安人也就不敢掉頭逃跑。
如果有人怯陣, 女勇士就當著我們的面,
用棍棒將畏縮的人打死。」

加斯帕爾・德・卡發耶
（Gaspar de Carvajal）

第一章
肉桂幻想曲

「**征**服者瞪大眼
睛, 體驗到一
種清醒卻亢奮的感覺。」
德戈拉
（Jean Descola）

文森特・潘松（Vicente Pinzón）曾是哥倫布首航美洲「尼那號」（Nina）的船長。潘松在1500年就已經見過亞馬遜三角洲，但是，真正有人到這人稱「綠色地獄」的地區展開探險，是在40年之後了。這次探險的起點是安地斯高原，一個只適合定期移居，但引人妄想和做夢的險惡之地。

經過 3,000 公里的長途跋涉，皮薩羅於1540年12月1日抵達基多

皮薩羅（Gonzalo Pizarro）從秘魯的印加王國古都庫斯科（Cuzco）出發。他遵照兄長弗朗西斯科（Francisco Pizarro）的命令，率領200名部下，其中半數是騎兵，去治理北方1,600公里外，人稱「食人番邦」的基多地區。部隊沿途辛勞，不免損兵折將；因此，當他的表親，瓜亞基爾城（Guayaquil）的創建者奧雷利亞納（Francisco de Orellana），在基多（Quito）城門口迎接他並聽候差遣時，皮薩羅勇氣大增，立即接受了支援。

奧雷利亞納內心十分清楚，任命一位新總督，表面上是簡單的行政變更，事實上卻包藏了一個野心勃勃的計劃。他希望參與其事。於是，兩人達成協議，分頭展開工作。奧雷利亞納返回瓜亞基爾，盡可能多招募人員，籌集糧草和裝備；皮薩羅則在基多正式上任，同時等待奧雷利亞納歸來，共同出征。

和其他皮薩羅家族成員、巴爾波（Balboa）、

基多高原上，53座安地斯山脈的火山峰延綿不斷，矗立在高原的一側。另一側山勢漸緩，丘陵斜向亞馬遜河谷地。

科爾特斯（Cortés），以及許多殖民時代的征服者一樣，這兩人都來自西班牙，埃斯特雷馬杜拉省（Estremadura）的特魯希略（Trajillo），並都在30歲時就是探險老手。七年前開始遠征祕魯以來，他們已歷盡千辛萬苦；然而，對於下一個探險即將面臨的奇遇，他們卻一無所知。

終年積雪的巨大屏障，聳立於基多東部

山的那一頭有什麼？肉桂。至少傳聞是

文藝復興和地理大發現時期，香料扮演的角色十分重要。香料不僅用於烹飪，而且還可用於醫療。有些香料的效用今日重新發現，例如肉桂，以前的人就拿來當調味料，現在知道它也具有防腐、助消化與刺激呼吸的作用。

這麼說的。廣袤的平原上長滿了肉桂樹！在香料和黃金令人神往的時期，肉桂是個神奇的字眼。哥倫布不就尋找過肉桂之路嗎？或許就是肉桂的香味，把人引向黃金之國（El Dorado）呢！

皮薩羅在三個月內完成了準備工作。1541年2月18日，他為基多指定了一位代理總督。三天後，奧雷利亞納依然不見蹤影，於是他決定先啟程。

2月21日出發那天，從安地斯高原朝主峰行進的隊伍，可說是前所未見的。打頭陣的是350名身穿甲冑的西班牙次等貴族（其中有200名騎兵）。接著是2,000隻訓練來攻擊印第安人的惡犬，以及4,000名強制徵來的印第安腳夫。據當時的歷史學家德·拉·維加（Garcilaso de la Vega）記載，這些腳夫負責運送「武器、糧食和工具，如大小斧頭、切肉刀、繩索及各種鐵製品」。後面有2,000隻背負貨物的駱馬，殿後的是2,000頭豬。西班牙人手執圓盾，佩了劍，馬鞍後掛了一個補給袋，就這樣登上山頂。路上

從秘魯流出的黃金潮，湧向歐洲將近20年，並且動搖了地緣政治的平衡。流入歐洲的黃金，來自安地斯山脈。西班牙人從印加王國的廟宇和宮殿裡搶來首飾、聖器和雕像，把這些東西融鑄成純度高的金塊；然後用強徵來的駱馬，把金塊運下山去。最後，在海邊裝船，由來往於新舊大陸間的大帆船運送，當時還沒有萬噸巨輪。

天氣變得惡劣。狂風暴雨中，馬匹在冰雪覆蓋的岩石上艱難向前，隊伍行進的速度非常緩慢。印第安人紛紛倒下。一百多人在出發後的第一次磨難中死去。接下來的考驗是茂密的森林，人畜每前進一步，都必須用大砍刀和利斧劈開樹木，一寸一寸開路。

這個時候，奧雷利亞納已經出發，以急行軍的速度前進。他速度較快，但是沿途受到印第安人騷擾。一個月後，當他追上皮薩羅時，他的裝備損失殆盡，只剩下21名隨從。皮薩羅以為他們離開基多已經240公里，實際上只走了120公里。於是，皮薩羅把大隊輜重留給奧雷利亞納，自己率領少數部下先行打探情況。70天後，他終於抵達了原先憧憬的希望之鄉——沒錯，是有肉桂樹，但是稀稀落落，沒有任何開發價值。

黃 金熱和香料夢，把貪瘠土地上的子弟——西班牙士兵，變成一個一個冷酷無情的征服者。

印第安人不但畏懼西班牙人的馬，更怕西班牙人訓練有素的狗。皮薩羅在他的遠征隊中，帶有 2,000 隻狗。人和動物一起引發的屠殺，給印第安人帶來雙重的恐懼。

苦澀的事實：美洲沒有肉桂樹

皮薩羅由於希望幻滅而狂怒。他讓惡犬咬死一半嚮導，將剩下的一半活活燒死，然後朝北進行新的探勘。他發現了一條水流緩慢的河，以及一些性情溫和的印第安人。他向印第安人使詐，弄到16艘獨木舟。

奧雷利亞納帶領其他人趕來會合。他們沿河走了一百多公里，來到與另一條大河的匯流處。根據探險隊記事員卡發耶的記載，大河寬兩公里。皮薩羅決定在此盤桓一陣子，建造一艘帆船。建好的這艘船，原本只能容納20人，但是他們把剩下的裝備和病患都塞在船上。這些病人，是從基多強徵來的 4,000 名印第安人中殘存下來的。建船地點在今日厄瓜多爾境內，科卡河

（Coca）和納波河（Napo）匯流處附近的一個村莊，叫做埃爾・巴柯（El Barco），正是這艘帆船的名字。

　　探險隊再出發時，由於小帆船和16艘獨木舟根本無法運送全體人員，大部分人只能沿河步行。重重困難又出現了：他們不時需要繞過沼澤，搭建應急的橋樑，而糧食愈來愈少。不久，最後一頭豬也宰殺了。走過300公里之後，大家的士氣低落萬分。

　　不過，由於他們相信，再堅持幾天就會到達富庶的村莊，於是奧雷利亞納向皮薩羅建議，由他自己帶60個人，乘帆船和獨木舟順流而下，去尋找食物。皮薩羅同意後，奧雷利亞納就離岸而去了。那一天是1541年12月26日。皮薩羅後來一定悔不當初，因為，他從此再也沒有看見奧雷利亞納了。

　　吃完最後一批狗和剩下的100匹馬後，皮薩羅與部下被迫折返。他們內心酸苦不堪，又以為奧雷利亞納一夥人背叛了他們，更是憤怒不已。皮薩羅一行歷時半年才返回基多；而奧雷利亞納不久之後就發現了世界第一大河。

16世紀的冒險家認為，亞馬遜河流域的印第安人，既不是「高貴的野蠻人」，也不是凶殘的殺人狂。征服者雖承認印第安人有人道的一面，卻也批評他們與西方人不同的地方，並將這些不同點歸因為他們對基督教信仰無知。法國人類學家泰韋（André Thevet）和萊利（Jean de Léry）在文學作品裡，為我們留下了圖皮南巴人（Tupinamba）吃人肉這種駭人的風俗。充滿古代哲學氣息的版畫中，反映了西班牙人的態度。

「我依海上習俗，舉行彌撒，把我們的靈魂和生命託付給上帝。」

奧雷利亞納隊上的道明會修士卡發耶，爲這次探險留下翔實的日記：「水流十分湍急。我們每天航行25里（約100公里）。根本無法逆流返航。」期望中的富庶村落沒有出現。他們只好繼續前行。帶來的食物已經快要吃完，眾人忍受著饑餓與失望。

　　一星期後，這群西班牙人終於聽見森林中傳來的鼓聲，一個村落出現了。奧雷利亞納送給當地酋長阿巴利亞（Aparia）一件紫袍，並且當下宣布，阿巴利亞從此成爲西班牙國王查理五世的臣民；自己則以國王的名義，公開佔有這塊土地。

　　大家設盛宴慶賀。奧雷利亞納把這地方命名爲「小阿巴利亞領地」。原來他聽說了在河下游那兒，還有另一位強大得多的酋長，也叫阿巴利亞。他把下游那一位稱作大阿巴利亞。

奧雷利亞納就任探險隊總指揮

這支隊伍慎重討論他們原先與皮薩羅的約定。大家一致認爲，他們根本不可能在波濤洶湧的河上，再逆航1,200公里，回到原出發地。最好的辦法，還是再順水向前，然後從海上返回秘魯。見到河面日復一日加寬，他們認爲離海應該不會太遠了。

　　由於獨木舟不能出海，奧雷利亞納決定建造第二艘雙桅帆船。眾人立刻動工，粗魯的士兵充當伐木和燒炭工人。他們需要兩千多枚鐵釘，於是自己鍊鐵打釘；這是最困難的部分。工作了一個月，奧雷利亞納決定離開——他們與印第安人有了磨擦；而且到下游處造船，時間才充裕。

有一位19世紀佚名畫家，畫下了住在納波河岸的印第安人，並沿用河名，叫他們納波印第安人。他們屬於赤道亞馬遜地區的舒阿族（Shuar），也就是今日所說的希瓦羅人（Jívaro）。

　　就在重新啟程之前，奧雷利亞納施了一個計謀，讓部下推選他擔任探險隊總指揮，兼任西班牙國王的代表，取代了皮薩羅的位置。所有人都在一份經由公證人監督的文件上會簽。奧雷利亞納想派六名志願者，帶著他交付的 1,000 枚卡斯塔拉諾（castallano，合四公斤黃金）金幣，回去向皮薩羅報告消息。但是只有三個人願意去，人數不夠；面對種種實際困難，只得放棄這個打算。探險隊再度出發，向前航行。

皮薩羅、奧雷利亞納等人，從科卡河到納波口所遇見的印第安人，似乎全是舒阿族人。他們以頭戴飾物的風俗著稱。

1542年 2 月11日，他們不知道自己已經離開了納波河，正航行在亞馬遜河上

兩星期後，他們抵達大阿巴利亞。奧雷利拉納和同伴自稱是「太陽之子」，土著心生敬畏之情，於是他們備受禮遇，飲食可口而豐盛。看來這裡是建造第二艘船的理想地點。4月24日，新船下水了。

　　5月12日，一座又大又熱鬧的村落出現了。這時，有一大隊獨木舟划近，舟上高大的盾牌後面藏了武士，向西班牙人發動攻擊。激戰了兩天，西班牙人一死15傷，但他們奪得了食物，包括幾千枚龜蛋。卡發耶說，「食物足夠 1,000 人的探險隊吃上一年」。他們正經過的地區，是馬希波拉族（Machipora）的家園，是踏上這塊土地以來，人口最稠密的地方。接著，他們又來到奧馬瓜族（Omagua）的領土，連著四、五百公里的河岸邊，只見村寨一個接一個，距離不過一箭之遙。

　　奧雷利亞納一行穿過卡克塔河（Caquetá）河口，來到一處色黑如墨的水域，他們把這條河稱爲內格羅河（Negro），意思就是黑色的河。日後的橡膠之都馬瑙斯（Manáos），就是由這兒開始發展的。

皮薩羅給了國王一封信，解釋他建造第一艘雙桅帆船的原因：「爲了運送食品、武器，火繩槍、弓弩所需的彈藥，傷員和馬匹使用的蹄鐵、鐵棒、鶴嘴鋤、鏟子和手斧等等，因爲大部分挑夫都已經死了。」

奧雷利亞納費時一年，才抵達亞馬遜河主航道，但他只花了半年時間，就順流航至河口。

15 87年，在奧雷利亞納返航45年之後，製圖者馬丁尼茲（J. Martinez）在他的地圖上，把巴塔哥尼亞（Patagonie）放在拉布拉他河（La Plata）附近，並且將奧里諾科河和亞馬遜河畫成一條有兩個入海口的大水怪。由圖中可以辨認出來：上方被他叫作奧雷利亞納河的，顯然是奧里諾科河下游；下端，馬拉尼翁河（Marañón）延伸出來的那段，則沒有命名。河當中的大島，是亞馬遜王國。卡發耶說，向他們進攻的女戰士來自北方。看了這幅地圖，不得不佩服印加人（Inca）豐富的想像力——他們把這蜿蜒流經印加帝國，穿過重重森林的巨大水系，叫作「阿馬魯-馬尤」（Amaru-Mayu），意思正是「巨蟒——人類之母」。

亞馬遜女戰士不只是傳說？

西班牙人沿途在印第安村落築防禦工事，並以武力掠取生活必需品。1542年6月5日，他們來到一個還不小的印第安村落。卡發耶非常篤定，他們已經到了傳說中的亞馬遜女兒國。

　　他的日記裡多半寫的是記實的東西，但有這麼一段脫離現實的敘述：「在這個村子的廣場中央，有一個砍下來的樹幹，周長三公尺，樹上有浮雕，是一座有著城牆環繞的城市，城門上有一對塔樓。塔樓很高，上面開了窗子，塔門互相對望，兩側有圓柱，兩隻凶相畢露的獅子朝後看，用前後爪頂住了整個建築物，中間形成一個圓形的空間。圓形空間的中央有一個洞，

印第安人就拿起自己喝的「希沙」酒（chicha），往洞裡傾倒，奉獻給太陽。總指揮問印第安人，這是什麼意思？印第安人回答，他們是亞馬遜女兒國的臣民，所以要向她們朝貢；進貢的是用來蓋廟宇屋頂的飛禽羽毛。女兒國的城市建築，和這裡所展示的一樣。」

6月24日，他們遇上了亞馬遜女勇士。卡發耶如此記載：「這是一場惡戰，我們差一點全軍覆沒。〔……〕亞馬遜女勇士除了下體遮住以外，全身赤裸。她們手執弓箭，打起仗來以一當十。」第二天，當他們緊靠河岸前進時，又遇到埋伏。只有卡發耶一人受傷。「上帝允許他們一箭射中我的眼睛，〔……〕箭傷使我失去一隻眼睛，至今仍疼痛不堪。」

西班牙人穿越夢想之鄉；不料碰上懷有敵意的印第安人

探險隊航行來到欣古河（Xingu）河口。草原景觀逐漸取代了雨林。興高采烈的士兵，穿越大片肥沃的草地時，心想：這兒正等著開發成麥田、葡萄園和牧場。但是，「高大短髮，膚色黧黑的男子」射出的箭，粉碎了他們的田園夢。幾個小時以後，一名被箭刮傷的士兵死了；西班牙人這才知道什麼是箭毒。

就在此時，幾百艘獨木舟組成的船隊，企圖阻擋他們的去路。每條船上都有20到40名不等的戰士，河岸上還有人群為戰士助陣。火繩槍的轟擊聲、咚咚鼓聲、號

角聲，以及印第安人震天動地的
呼吼聲，交織在一起，場面十分
壯觀！卡發耶寫道：「喧鬧聲令人
驚恐萬分；還看到一群人在河邊
揮舞著棕櫚葉子，手舞足蹈。」

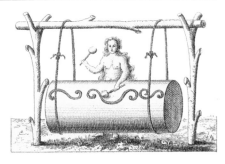

是征服亞馬遜河了，但結局
究竟如何？

河水的潮汐漲落十分洶湧，於是
西班牙人知道，亞馬遜河的出海口就快到了。7 月中
旬，探險隊抵達馬拉若島（Marajó）前。卡發耶估
計，他們從出發到現在已經漂流了 7,000 公里。這個

奧里諾科-內格羅
河流域的阿拉瓦
克人，用長圓木鼓擊出
雙聲訊號。

「凡是見過他們使
弓箭的人，都
會認為，這些赤身裸體
未戴任何臂飾的人，拉
弓射箭如此敏捷，實在
不比優秀的英國弓箭手
遜色。這些野蠻人持箭
握弓，只要發出六箭，
就可射倒12人。」
萊利

數字顯然有些誇大，但是那又怎麼樣？別說以前沒有歐洲人來到這條大河，做過如此長距離的旅行探險；恐怕連知道這兒有條大河的人，都少之又少。

葡萄牙人的殖民地帕拉省（Pará），就在他們右首，然而他們毫無所知，轉向左方航行，進入了迷宮似的小島群中。島上住著可怕的加勒比人（Caraîbe）。加勒比人一路追擊，他們沒有片刻歇息。就在這個時候，較小的那艘雙桅帆船撞上一根樹椿，龍骨斷裂了，有沈沒之虞。於是，他們再回頭去燒炭及鍊鐵，並且修理船隻，制止漏水，即使腹中空空也不能休息。他們趕緊檢修兩艘船，並配備帆纜索具，還用剩下的披風和被套改製成前桅帆，好應付接下來的航行。

1542年8月26日，河面逐漸開展，大海遙遙在望。船上沒有地圖，也沒有航海羅盤和六分儀。但是不要緊，因為他們看見了北面的海岬。兩艘船沒多久就離散了，各自以為對方已經遇難。可是幾天以後，兩艘船先後拋錨在委內瑞拉海岸，一個叫庫巴瓜（Cubagua）的小島上。

巴西會是「新安達盧西亞」嗎？

亞馬遜河的初航已經完成。從安地斯山脈到大西洋，歷時八個月；而穿越從基多到科卡河的山地，卻花了整整十個月。沿途一共死了11人，但在作戰中陣亡的，只有三人。

至於皮薩羅這邊，從基多出發時，有350名征服者、200匹馬、2,000隻狗，以及4,000名印第安人；徒步返回原處時只剩80名西班牙人。沒有一個印第安人生還，更別提馬或狗了。抵達基多後，皮薩羅獲悉兄長弗朗朗斯科已在宮中遇刺，自己也被國王查理五世免去官職。也許是出於絕望，皮薩羅竟集結了一支部隊，公開對抗總督。1548年4月11日，皮薩羅的人頭在庫斯科落地，西班牙征服者的時代宣告結束。

卡發耶返回利馬（Lima），不久被任命為大主教，在1584年壽終正寢，享年82歲。

奧雷利亞納一心想要像科爾特斯或皮薩羅那樣，殖民統治自己發現的地方，因此，他迫不及待地向卡斯提爾當局提出要求，希望獲得皇家特許狀。

1544年，他被任命為亞馬遜的總督——這時叫做「新安達盧西亞省」。他從西班牙率領400人，分乘四艘大船前往南美洲，但是，抵達新世界後，這支隊伍和他的夢想一起煙消雲散。

查理五世正好出生於發現巴西的那年，但他一點也不關心美洲的印第安人。因為，他在位時忙於推行新的歐陸戰略，而無暇顧及美洲印第安人。但是，1548年他頒布的新法，逐漸將他的王國和新大陸的歷史連結在一起。新法禁止讓印第安人淪為奴隸，承認他們也是人。然而，要到好幾百年後，這些法令才不再是一紙空文。

　　奧雷利亞納仍然不死心，企圖在亞馬遜河入海處
建造一艘雙桅帆船，可是他兩次都失敗了；歷史似乎
拒絕重演。最後，黃熱病擊潰了奧雷利亞納。

　　這真是命運的最後嘲諷。奧雷利亞納曾經想以
「亞馬遜」來稱呼他所發現的河流；然而，有一個時
期，這條河竟叫做奧雷利亞納河。

這幅版畫的作者，把皮薩羅當作活生生的例子，是人生無常的教訓，把他的死刑場面處理得戲感十足。

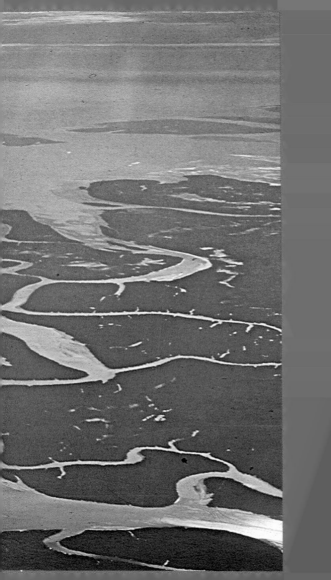

有這麼一個世界：礦物、植物、動物之間
界限模糊；空氣和水彷彿合一；
光明與幽暗混爲一體。在這兒，
很難界定究竟何者是現實，何者是幻想：
葉子可以變成蝴蝶，籐化爲蛇。
16和17世紀時，森鬱的亞馬遜雨林深處，
一場追尋夢想的冒險，就要狂熱展開……

第二章
神話的誕生

神話和象徵總有兩面色彩，先是玫瑰色般的美好表象，繼而是黑暗的一面。亞馬遜河的傳說也不例外。

亞馬遜的傳說並不是從發現美洲才開始的⋯⋯

古希臘神話所提到的亞馬遜女勇士，是戰神阿瑞斯（Arès）與女神阿爾莫尼（Harmonie）所生的女兒。公元前9世紀，荷馬史詩就記述了這故事。隨時間推移，女勇士的王國所在地也更動了。一開始說是在黑海高加索附近，然後遷移至裡海以北的西徐亞（Scythie）。後來說是在更西邊一些，土耳其的卡巴道斯（Cappadoce）、迦勒底（Chaldée），再遠至非洲。到了馬可·波羅時代，相傳這王國位於某個神秘的海島上。難怪哥倫布會期待，在往新大陸的途中能發現這個島嶼。在哥倫布之後，提出「新大陸」這名稱的維布西（Amerigo Vespucci）和其他航海家，也都篤信這個傳說。

這個想像中的亞馬遜女勇士王國，位置一直向西遷移，終於離開了大海，而進入熱帶雨林的深處——今日的亞馬遜河流域。

「希羅多德敍述：亞馬遜女勇士被希臘人打敗，成了俘虜；後來她們逃到游牧民族西徐亞人那兒去。西徐亞人想要娶她們為妻。亞馬遜女勇士回答：『不可能。你們的婦女不狩獵。』

卡發耶的記述，為神話注入了勃勃生機，以及煞有介事的跡象。有史以來，這是第一次有人親眼看見這些驍勇的女戰士，甚至還與她們交過手；這可是參與探險的人親口說出的事情。

奧雷利亞納呈上報告時，西班牙宮廷根本不把它當一回事。但是，赤道美洲的神秘，觸動了深植於我們集體潛意識中的符號思維，引發人們一連串的幻想。有很長一段時間，歐洲的歷史是由這種思維所左右的。

「「但 我們盤弓射箭，躍馬橫刀。」」

拉卡里埃爾

亞馬遜神話和黃金國傳說交織在一起

當時，相傳有位叫埃爾多拉多（El Dorado）的首領，是哥倫比亞安地斯山脈（cordillère des Andes）中一個小國的君王。據說，在舉行宗教儀式時，他會全身敷上金粉，携帶祭器和首飾，作為獻給太陽的祭品，連人帶祭品跳進一個山間湖泊。多年來人們相信，這湖在波哥大附近，叫做瓜達維達湖（Guatavita）。

早在西班牙人來到之前，埃爾多拉多就已經被高原強鄰奇布查族人（Chibcha）趕下了王位。

　　但是，歷史算什麼呢？安地斯山沒有鍍金人，西班牙人就往內格羅河的東北地區去尋找。繪製地圖的人，憑空在圭亞那高地的西邊，畫了一個比裡海還大的湖泊，叫帕里梅湖（Parimé）。

　　然而幻想終究為地理事實所取代：在這個湖的位置上，其實是帕里馬山（Sierra Parima），也正是奧里諾科河的發源地。

　　在仍然相信有帕里梅湖的時代，有人說，在這神秘的湖畔，聳立著一座用寶石建造的城市。這城市舉世無雙，「至少比西班牙所征服的城市都美」。它就是埃爾多拉多——這時已經變成「皇帝」——所統治的國家的首都，馬諾阿（Manoa）。據說，一個叫馬丁內斯（Martinez）的人在那裡住了七個月。

馬 諾阿是個傳說中的城市。照羅利的說法，馬丁內斯進皇宮之前，在馬諾阿的街道上走了一天一夜。

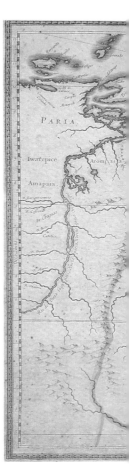

　　「國王不允許他離開城市。他四處走動時身邊一定有衛士陪伴，並把他雙眼蒙起來。七個月以後，馬丁內斯學會了他們的語言；國王讓他自己選擇，究竟是返回祖國，或者留在馬諾阿的宮內終老。馬丁內斯選擇回國。國王派人護送他到奧里諾科河岸，並送給他許多黃金。當他抵達河岸時，邊境的印第安人和奧

帕里梅湖這個虛構的地理名詞，是歷來地理學家所虛構的最大騙局。如果眞有這個大湖，爲什麼沒人見過？還要再過兩百年，它才從地圖上消失。

里諾科波尼人（Orenocoponi），搶走了他的所有財寶，只給他留下兩只裝滿金子的瓶子。他們以為這是馬丁內斯的飲料。馬丁內斯上了一艘獨木舟，順著奧里諾科河而下，直抵千里達島（Trinité），再轉到聖璜島（San Juan）。馬丁內斯把那座城市叫作黃金國——埃爾多拉多。在這城中，廟裡的偶像是用整塊黃金做的，甚至連武器也是黃金打造的。」

上面的敘述，來自英國女王伊莉莎白一世的寵臣羅利（Walter Raleigh）爵士。羅利爵士則是由被俘的千里達總督的供詞上，得知這些事。

亞馬遜王國大約就在馬諾阿附近。馬丁內斯說，「這些女人……身穿精紡羊毛的長裙，頭戴直徑好幾吋寬的金冠。有男子每年會來看望她們一回，若懷孕

被囚禁在倫敦塔中13年後，羅利再度前往傳說中的黃金國探險。返回英格蘭後，他上了斷頭台。

生下男孩，就交還男子帶回；若是女孩，就留下自己撫養，好傳宗接代，興旺人口。她們送給女嬰的父親的禮物，是當地特產的綠寶石。」

在倫敦的牢房裡，羅利著手編寫他的《世界史》，可惜沒能完成。

羅利放棄了宮廷生活，而去尋找馬諾阿

羅利爵士是位帶有傳奇色彩的人物。他有貴族身分，偶爾作詩，也是私掠船的船長（比海盜好聽一些），是個決不放棄夢想的人。

他在自己的著作中，恣意編造黃金國傳說。他對亞馬遜王國的描寫十分詳細，並且大大美化了卡發耶的說法：「碎石鋪成的道路通往各個城市。城市的建築物全是石造的，城牆入口處有門禁森嚴的大門，只對繳納過通行稅的人開放。四周是肥沃的草地，放牧著成群的小羊駝。」

羅利美化了赤道的一切，他把日後變成綠色地獄的地方，描繪成人間天堂：「這兒是我見過最美的地方；我從未看過如此壯麗的山河。山谷中丘陵起伏，從山丘四周流下的涓涓細水匯流成蜿蜒的河道。河岸是堅實的沙灘，上面可以走人馳馬。平原上滿布青草，鹿群穿梭其間。黃昏時分，林間百鳥齊鳴；停棲河流兩岸的蒼鷺和鸛鳥有白、有朱紅、有粉紅。微風從東方吹來，

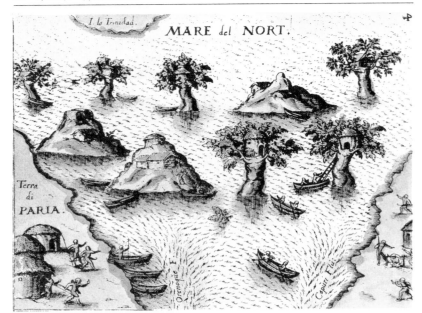

每塊石頭彷彿都含藏了金或銀。陛下您將看見各式各樣的寶石，我相信其中有些是舉世無雙的。」這些石頭在那裡俯拾即是。「西班牙人把這石頭叫作『黃金之母』。」羅利這麼說，但沒有多加解釋。

只可惜伊莉莎白女王意外地死了。羅利默默撤退到安地列斯群島（Antilles），結束了第二次遠征。這位人稱「白馬王子」的冒險家，雖有豐富的想像力，卻沒有《天方夜譚》講述者雪拉莎德（Schéhérazade）的運氣。羅利在1618年返回倫敦後，和皮薩羅一樣也落得個斬首的下場。

往昔的神奇傳說也緊扣哥倫布心弦

哥倫布在航海日誌裡提到，他認為自己會和《天方夜

在這片歐洲人從來沒見過的大自然裡，一切都與一般習俗大不相同，有的更是向常規挑戰。歐洲人初抵亞馬遜河流域，所見所聞是那麼新奇，因此，難免想像力奔放。從希臘的老普利紐斯到希羅多德的作品，從阿拉伯故事到10世紀的蒙古人作品，從騎士文學到中世紀的聖徒傳，從大教堂的滴水雕塑（gargouilles）到波什（Jérôme Bosch）的寫實主義作品，在在都顯示出真實與想像之間的差距。

譚》裡的辛巴達（Sinbad）一樣，也在古巴島上遇見庫克洛佩斯人（Cyclopes）。這些與人類相仿的人，「額頭正中長著獨眼」。哥倫布信心十足，認為一定會碰到另一類奇特的生物，「他們的嘴臉似狗，以食人肉為生」。

但是亞馬遜河流域裡，奇怪的事更多。羅利描述了住在樹上的蒂維蒂瓦人（Tivitiva），又提到了無頭的阿賽法萊人（Acéphales）。這些畸形的怪物，在歐洲家喻戶曉，他們會不會就是古羅馬博物學家老普利紐斯（Pline）所說的，住在非洲的布倫米人（Blemmi）？不過這些說法很快就無疾而終。參加羅利1617年第二次遠航的凱密斯（Laurence Keymis）船長，在自己的日記中寫道：「一位土著酋長向我透露了無頭人的特點；他們的嘴長在胸部中央。阿賽法萊人之所

有人說，被稱作阿賽法萊人或無頭人的埃維帕諾馬人（Ewaipanoma），可能就是目前住在委內瑞拉北部的耶夸納人（Yekuana），他們是加勒比印第安人的一支。

從 16世紀起，西方傳教士們出於宗教狂熱，於是大肆追趕亞馬遜地區的「野蠻人」，使得印第安各族朝大陸內地遷移。面對自己的風俗和信仰不斷受到侵犯，印第安人不得不自衛，開始屠殺傳教士。但傳教士毫不氣餒，反而加倍努力去獲得殉道者這最高榮譽。一直到基督教徒明白了尊重個別差異的道理之後，這種荒謬的衝突才得以平息。

以沒有頭，是由於他們喜歡高聳雙肩，他們認為這種姿勢最為高雅。」歷史和傳說，神話和現實之間的拔河，由來已久。法國人類學家泰韋在巴西生活過三個月，曾撰寫了《南極法蘭西的奇聞軼事》一書；書名雖叫南極，那時候卻還沒有發現真正的南極。他在1575年收回自己在書中有關亞馬遜部分的說法。他說：「她們不是神話中的亞馬遜女勇士，她們是失去丈夫，努力捍衛自己的財富、生命和孩子的可憐婦女。」

1560年，小軍官阿吉雷自封為亞馬遜國王

然而，黃金國、帕里梅湖以及傳說中的馬諾阿城，又

怎麼樣了呢？為了回答這個問題，在奧雷利亞納探險之後不到20年，在1560年時，祕魯總督命令西班牙將軍烏爾蘇阿（Pedro de Ursúa），率軍隊越過安地斯山脈，去看個究竟。

烏爾蘇阿和倉促成軍的部隊，才剛剛抵達亞馬遜河，一個叫阿吉雷（Lope de Aquirre）的巴斯克人（Basque），就發動了叛變。他殺了將軍，不僅自封為特遣隊司令，而且還自立為亞馬遜國王。他把不肯追隨他的人都餵了鱷魚！

為了尋找圭亞那高地，阿吉雷朝北進發。但是亞馬遜河水系繁雜，宛如迷宮；也許他自己也不知道，他比德國探險家洪堡（Humboldt）早了100年，就發現了連接奧里諾科河和內格羅河的天然水道，卡西基亞雷河（Casiquiare）。

不管他知不知道發現了這水道，總之，他出了奧里諾科河河口，通過千里達島。阿吉雷征服了珍珠採集者聚居的馬格利塔島（Margarita）之後，被駐紮在委內瑞拉的保皇部隊打敗，結果當然給判了死刑。

據說，他在斷頭台上，把腦袋交給劊子手時說：「上帝，如果你要賜恩於我，請馬上給吧；至於你的榮耀，還是留給你的聖徒去。」這幾句話，為他的一生畫下了恰如其分的句點。

　　自從誕生了亞馬遜河

阿吉雷殺了馬格利塔島的總督和主要官員後，結束了冒險生涯，宰治了這個島兩個月。由於他一心想要在委內瑞拉建立一個更大的帝國，於是決定返回美洲大陸。回來後，他被已經厭倦殺戮的軍隊拋棄，落入保皇軍手中，並被處死。

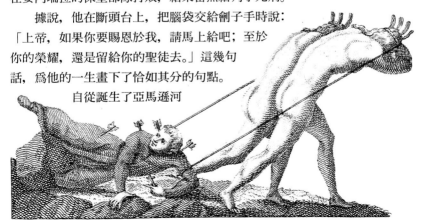

的傳說以來，許多頭顱接連落地：皮薩羅、阿吉雷、羅利。他們之中有的是英雄，有的是強盜；但是他們都貪得無厭，也都渴望追求那人力所不能及，又奇特無比的事物。

傳教士冒險進入亞馬遜雨林

17世紀初期，出現另一種企圖，想要進入亞馬遜地區。這種企圖使得一些傳教士喪生，他們甚至還未抵達亞馬遜河主航道，就死在曾經與皮薩羅激戰過的印第安人手中。對於耶穌會和道明會的傳教士來說，這是一個偉大的時代。繼西班牙征服者來到南美洲之後，傳教士也來了。他們到處傳教，建立教會，收錄了珍貴的人類學和語言學的原始材料。

耶穌會傳教士阿庫那（Cristóbal de Acuña）記載過，有一次，一艘載著兩名傳教士和六名西班牙士兵的獨木舟，順流而下，到了亞馬遜河河口的帕拉省，「他們只知道自己是從祕魯出發，途中見過許多印第安人，而且，他們不敢再循原路回去」。

葡萄牙人得克拉，往返於帕拉和基多之間

奧雷利亞納的發現，震撼了西班牙、葡萄牙之後大約一百年，帕拉省總督也決定組織一個探險隊。指揮官

羅 利這樣描述犰狳（armadillo）：「這種動物西班牙語叫做『阿爾馬第洛』，它全身長滿小尖刺，樣子像小犀牛。尾部長了角狀的東西，有點像喇叭或獵號，土著用的那種獵號。有一位醫生對我說，把這角狀的東西磨成粉，敷在耳上，可以治耳聾。」

萊 利也描述了刺鼠的模樣：「這紅棕色的野獸，個頭像一隻剛滿月的豬，又蹄、短尾巴，耳朵像野兔，肉味鮮美。」

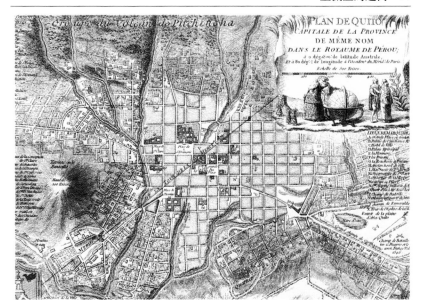

得克拉（Pedro de Texeira）是探險老手，他奉命從「海一樣寬的大河」上溯基多，並且記下沿途值得注意的一切事物。

　　1637年10月28日，他帶領一支由46艘獨木舟組成的船隊，離開帕拉省邊境。船上載有60名葡萄牙士兵、1,200名印第安人，以及這些人的妻子和嚮導，總共約莫兩千人。結果，有一半以上的人半途退出。

　　即使如此，根據記載，第一次溯亞馬遜河而上的行程，在八個月後完成。1638年6月24日，得克拉抵達基多城郊，西班牙人在南美洲的第一個殖民地。

耶穌會和道明會教士眼中的亞馬遜女勇士

基於政治上的縝密考慮，秘魯總督客氣地接待了葡萄牙使者，並且立刻下令，為他們準備回程所需的一切

征服者總是喜歡建城！皮薩羅佔領印加帝國後，就著手改造它的外觀。印加帝國最後的國王阿塔華爾巴（Atahualpa），1533年被西班牙人處死，印加王朝隨之滅亡。1534年，貝拉卡扎爾（Sebastián de Benalcázar）夷平了印加的首都，提出新基多城方案，是西班牙風格的棋盤式設計。在海拔2,800公尺的赤道高原上，這座建築遺蹟，至今依然聳立在群山之中。

裝備，其中包括——阿庫那神父這麼記載——「兩名西班牙國王的親信；他們對途中的一切新發現負全責」。

阿庫那來此是為了建立一所耶穌會學校；他才從西班牙來到這兒不久。國王的官員們很喜歡他。基多市長也志願參與活動。

1639年12月，阿庫那抵達帕拉省的首都貝倫後，立即依指示出發，為西班牙出航。他寫的《新近發現的亞馬遜河》，於1641年出版。細細比較阿庫那和卡發耶兩人的描述，可以發現很多有趣的對照。

就這樣，在一百年之內，出現了兩本有關發現亞馬遜河的書；也是此主題的書中最早的兩本。一本是由道明會教士寫的；另一本則出自耶穌會神父之手。

在敍述自己的遊記之前，阿庫那先挪揄了卡發耶，他說：「有些遊記的內容並不是那麼客觀眞實。但是我這本書，我敢說，絕對沒有任何我不能證明的東西。同行有五十多個西班牙人、卡斯提爾人和葡萄牙人，他們可以作證。本書肯定該肯定的，懷疑該懷疑的。」

然而，從第一章起，阿庫那就提出辯解，說亞馬遜女勇士是存在的。他辯稱：「各方爭論不休的這個傳說，所描述的細節都十分精確，不可能同時有這麼多的語言，這麼多的民族，以這麼多的眞憑實據，共同來編造一個謊言。」

阿庫那描寫亞馬遜女勇士的一些細節，很值得引述——也許可以

這些按照古典風格描繪的學院派圖畫，使人聯想起米開朗基羅的畫，而不會認為是新大陸探險者所做的素描。任何人見過印第安人之後，都會記住他們的容貌。這些圖畫，是萊利1555至1558年巴西旅次中的作品，描繪食人部族圖皮南巴人的風土人情。

由此顯示，他有時候是會自己隨興添上細節的：「這些高貴的婦女通常不與男子交往。甚至每年來此傳宗接代的男人來看望她們時，她們接待男人也總是手執弓箭。一直要到她們確定這些男人確實沒有惡意，才放下武器，跑到來客的獨木舟上。每個女人選取一張自己中意的吊牀——男子睡覺用的牀——然後把吊牀搬回自己的小屋，掛在無人知曉的地方。」

儘管他看似相信傳說，他的結論倒是非常模稜兩可：「時間將會證明，究竟這些婦女是否就是歷史學家所津津樂道的亞馬遜女勇士；在她們的土地上，又是否蘊藏了足夠讓全世界富裕的寶貝。」

聽到這些女人講話真新奇，她們的吼叫聲宛如狗吠狼嚎。『他死了！』有些人哀號，『他作戰驍勇，讓我們有這麼多俘虜可吃。』其他女人附和道，『噢，他是個多麼好的獵人和漁夫！』之後有人說，『啊，他是殺葡萄牙人的勇士，他替我們報了仇。』」

　　　　　　萊利

大約是17世紀中葉，盧梭（Jean-Jacques Rousseau）時代，有人畫了這幅印第安人圖，依然受古典風格的影響。圖裡的印第安男人，十足表現出騎士風範，對待女性有禮而可親，但這並不合事實。這幅作品美化了印第安人，「高貴的野蠻人」時代儼然已經來臨。不過，有一個現象很矛盾：即使西方人對新大陸能以客觀態度來認識了，但在描繪當地居民時仍大大偏離事實。

關於印第安人生活和風俗習慣的記載

從卡發耶的書，到阿庫那的記述，已經過了
100 年。從阿庫那的某些敘述風格，已能看出
啓蒙時代臨近的先兆。

　　他的遊記裡，記載了生長在亞馬遜流域和河岸
上的動植物種類，也記述了印第安人的農作物、工具、
生活習俗，以及他們捕魚和打獵的方法。即使這些筆
記談不上是眞正的科學觀察，至少有事件有證據，不
再空談幻想，也不扯神話傳說。這倒和泰韋、萊利的
風格很像。這兩個法國人，從16世紀末期起，就以人
種學家的精神，研究巴西海岸的「野蠻人」。阿庫那肯
定不識懷疑論者蒙田（Montaigne）爲何許人物；不
過，有了阿庫那，也就不難推測，拉・孔達米納
（Charles Mariede La Condamine）日後會出現。

　　阿庫那指出，亞馬遜河的四大資源是木材、可可
（當時野生在河濱）、菸草和蔗糖，此外，還有棉花、
菝葜（salsepareille，一種百合科植物）、製藥油
料、樹膠和樹脂。加上礦這些作物加上礦產至今仍
然是亞馬遜河流域的經濟基礎。

　　就在談論這些經濟活動之後沒幾頁，他竟又提到，
那裡有身高三公尺多的巨人，以及「不比嬰兒大多少」
的侏儒。住在侏儒領地附近的圭亞基人（Guyazi），
他們的腳朝後生長，如果想沿他們的足跡接近他們，
結果只會離得更遠。」

17世紀末，亞馬遜河流域成爲巴西帝國的領土

阿庫那斷言：「舉世無雙的亞馬遜河沿岸，是物產豐盛
的天堂。如果用人工加強土地的肥力，整個流域將會
成爲一個安居樂業的花園。」他的說法不無奉承的意

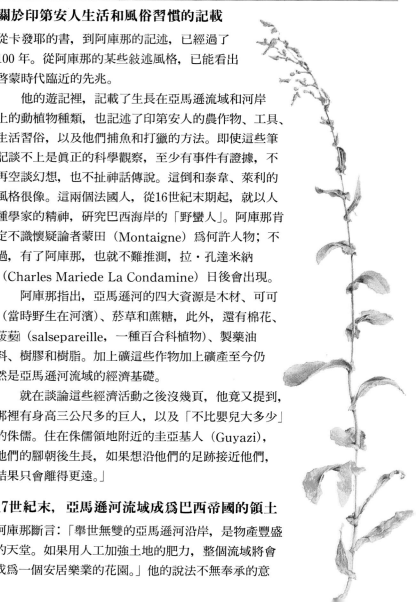

味。「雖然亞馬遜河擁有豐富的財寶，它卻毫不吝於付出。它一視同仁地邀請大家去利用：它提供窮人衣食，給勞動者工作，任商人貿易，軍人得其榮耀，強者掌握權力，國王則擁有一個新的帝國。」

　　儘管邀請是如此的坦誠，但是西班牙並不想從葡萄牙手中奪取亞馬遜河流域。流域的大部分，約五、六百萬平方公里的土地，永遠留給了巴西。在這個廣大平原的四周，有一個卡斯提爾亞馬遜地區，所佔的土地如今分屬委內瑞拉、哥倫比亞、厄瓜多爾、秘魯和玻利維亞等國。

　　就這樣，17世紀末，亞馬遜河流域就已經被西班牙人和葡萄牙人瓜分盡淨。英國、法國和荷蘭的探險者，只能往圭亞那高地的北部去發展。

16 16年1月12日，葡萄牙人在貝倫建造普雷賽比奧（Presepio）防禦堡壘，這可以說是他們入侵亞馬遜河流域的開端。荷蘭人、法國人、英國人和愛爾蘭人都撤離之後，得克拉完成了航行基多的考察，算是葡萄牙人深入亞馬遜腹地的第一階段。葡萄牙入侵的第二個階段，是1669年在內格羅河河口建立了巴拉（Barra，日後的馬瑙斯）。

「帶著滿腔克服所有障礙的熱情，
他們攀登安地斯山脈，
在神秘幽暗的河川上漂流。
他們穿越荒漠，在布滿閃亮的昆蟲和
盤根錯節的莽林中，開闢通路……
他們就這樣把美洲研究整理出來，
並且經由文學作品，把新大陸
從 300 年的神話世界中拉出來。」

馮・哈根

（Victor Wolfgang von Hagen）

《南美洲呼喚他們》

第三章

啓蒙時代的陽光
照進雨林

當代科學的先驅拉・孔達米納和洪堡，以理性的態度，打開了亞馬遜河流域的大門。

兩部最早的關於亞馬遜河探險的書，相隔了整整一個世紀（1540到1640年）。同樣，從阿庫那的作品，到第一篇亞馬遜河科學紀行的出現，也是相隔了一百年。

拉・孔達米納走進了亞馬遜河流域

1745年，拉・孔達米納在巴黎自然科學院宣讀了他的報告：《南美洲旅途記行：從南方海岸順亞馬遜河直達巴西和圭亞那海岸》。

　　拉・孔達米納的遠征，名義上是去丈量赤道的經線，以便弄清楚一項純科學的爭論——牛頓說，地球在赤道突出而在兩極扁平，這說法到底是不是真的呢？法國許多的植物學家、天文學家和最著名的學者，都與拉・孔達米納一起前往基多，測量赤道區的經緯度。任務完成後，拉・孔達米納決定順亞馬遜河而下。在他的遊記裡，傳說和事實並不是涇渭分明；他在描述事實時，常常採取淡出（借用電影術語）的手法，敍述傳說時輕描淡寫，然後提出他自己的客觀看法。

INTRODUCTIO
HISTORIQUE
OU
JOURNAL DES TRAV.
DES ACADEMICIEN
Envoyés par ordre du Roi sous l'E'q
Depuis 1735 jusqu'en 1745.

亞馬遜女勇士究竟存不存在？
拉・孔達米納深感興趣

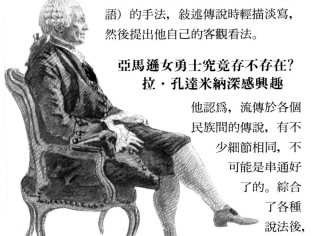

他認為，流傳於各個民族間的傳說，有不少細節相同，不可能是串通好了的。綜合了各種說法後，他相信：亞馬遜

關 於箭毒，拉・孔達米納認為：
「人們大概會奇怪，這些人擁有又快又準的武器，大可以利用它來宣洩仇恨、妒嫉和復仇心理，但他們只用來射殺林中的猴子和鳥類。更令人敬佩的是傳教士。他們總是讓信徒害怕，甚至惹人憎恨，卻無懼於受傷害，信心十足地在這兒活著。」

「即使今天再也找不到這個女人王國的遺跡，也不能證明這個國家從未存在過。〔……〕如果亞馬遜女兒國曾經存在過，它就必定是在美洲。那些婦女跟隨丈夫四處征戰，生活艱辛，因此就產生了要擺脫丈夫支配的念頭。」

　　拉・孔達米納

女勇士從南往北遷徙之後，定居在圭亞那中部。此外，博物學家馮・洪堡1800年時曾經這樣推測：「哪裡有什麼亞馬遜女勇士……那是美洲各地的婦女，不願屈從於奴隸一般的地位，由男人支配。於是，她們聚居在一起，像逃亡的黑奴似的。」

　　像拉・孔達米納和洪堡這樣嚴謹的知識分子，對

於傳說也這樣謹慎，著實令人訝異。也許，有關亞馬遜河的傳聞既廣又深植人心，他們覺得沒有足夠的證據足以斷定，新大陸是否真的有一個「女人共和國」。

可是，就在同一時期，一些見多識廣的觀察家，有來自印第安世界的第一手資料，於是就斷然推翻了這傳說。有一個西班牙國王派遣的艦長，正是如此。他奉命指揮「索拉諾號」，監督葡屬巴西和西屬委內瑞拉兩地之間首次邊界畫分事宜。他在1756年提到，南美的吉普納維族（Guipuinavi）婦女，特別是年輕的已婚婦人，隨丈夫一起征戰，非常勇敢。她們從孩提提代起，就和男孩子一樣，學習使用弓箭和盾牌。他做出以下的結論：「這些女人或是諸如此類的女人，就是奧雷利亞納所見到的，與男人一起打仗的亞馬遜女勇士；因為，從這裡（奧里諾科河上游）到亞馬遜河，從過去到現在，婦女們都參與作戰。」

地圖上有了位置正確的山脈和河流

沒有了亞馬遜女兒國，亞馬遜河流域就失去了想像的空間。女勇士消失了踪影，比裡海還大的帕里梅湖，虛構的馬諾阿城，鍍金人的宮殿，也一一從地圖上消失了。土地丈量和測繪委員會，開始穿越廣闊而鮮為人知的地域，試圖標明國界。

長久以來，圭亞那高地的位置，因黃金國的傳聞

今天早晨，洪堡在我家待了幾個小時。真是個傑出的人哪！我認識他很久了，但他總還是有讓我驚喜的時候。他的多才多藝無人能及。我從來沒有見過如此博學的人。無論何種主題，他都如數家珍。他就像一座有多處噴口的噴泉，只要用罐子接，就能取得不竭的泉水。

歌德
致艾克曼
（Eckermann）的信

而謬誤；奧里諾科河與亞馬遜河兩大水系，也因支流眾多，水系龐雜，而一直混淆不清。

　　直到18世紀末人們才明白，伊薩河（Içá）和普圖馬約河（Putumayo）是同一條河；伊薩河是上游，在現在的哥倫比亞境內，普圖馬約河是下游，在今日的巴西境內。另外，巴西的雅普拉河（Japurá），就是哥倫比亞的卡克塔河。伊薩河和雅普拉河都沒有直接流入奧里諾科河或內格羅河，但是以前一直這樣認為。而在北邊的梅塔河（Meta）、比查達河（Vichada）和瓜維亞雷河（Guaviare），流向與伊薩、雅普拉兩河平行，倒是奧里諾科河的支流。

洪堡發現奧里諾科河和亞馬遜河之間的渠道

那麼，是那一條水道連接這兩條大河呢？一定有這麼一條天然水道，否則，為什麼會在一條大河中，又遇

拉・孔達米納想知道亞馬遜河和奧里諾科河之間有沒有連接水道；為了解答這個問題，洪堡與蓬普朗（Bonpland）於1800年溯奧里諾科河而上。他們與當地人一樣，乘坐一種叫 "Falcas" 的大獨木舟；這種獨木舟有半邊用棕櫚葉遮了作蓬頂。今天，奧里諾科河上游和內格羅河依然行駛這種船隻，只不過加裝了馬達。

見在另一條河上見過的印安第安船隊呢？而叛變後的阿吉雷，又怎麼能在離開亞馬遜河後，通過奧里諾科河的河口出海呢？

　　最早的一批地圖錯誤百出。桑松（Sanson）的地圖，根據阿庫那的觀察而製成的。比較可靠的第二張地圖，刻印於1707年，繪製者是德國的耶穌會教士弗利茨（Samuel Fritz）；他經過45年實地勘察才完成此圖。至於正確的位置，那是一百年後的事了。這片廣袤大地上，河流很多，流向不一，水道錯綜複雜，實在無法很快就把水系疏理清楚。

　　到了洪堡，他精確地畫出卡西基亞雷河的位置。1800年，他從內格羅河與卡西基亞雷河匯流處上溯，回到了他出發的奧里諾科河上游。從此，所有發源於安地斯山脈，以及流入圭亞那高地的河流，都正確標示出來了。事實上，早在1742年，巴西就有一名來自

「歷經艱辛之後，我想我可以滿意地說，我們已經來到亞馬遜河的支流，穿越了分開兩大水系的地峽，完了此行的最主要目標──根據天文學原理，確定了這條奧里諾科河的支流是注入內格羅河的。這條支流是否存在，這個問題已經爭論了半個世紀。」

洪堡

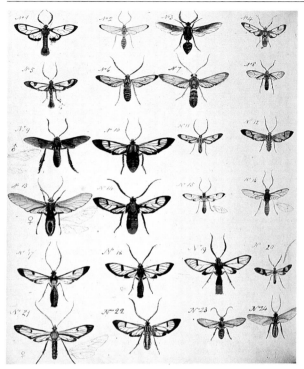

19世紀中期，崛起於工業革命浪潮中的英國新一代研究人員，多半並非出身豪門望族。這些人當中，幾個響噹噹的名字如貝茨（Bates）、華萊士（Wallace），已經和自然科學的進步連在一起。這兩人初次相遇，暢談冒險的願望時，一個是木匠助手，一個是織品店的學徒。大英博物館委託他們去蒐集昆蟲和植物標本，每一件完整的標本報酬是三便士。1848年，兩人抵達了貝倫，除了熱情之外，別無行李。

委內瑞拉的黑人婦女說，有條河從奧里諾科河通到內格羅河。兩年以後，耶穌會傳教士也記載了一件事：有一位傳教士從內格羅河乘船上溯，去拜訪一位住在奧里諾科河沿岸的上司，然後兩人一起由原路返回。洪堡所證實的卡西基亞雷水道，早在半個世紀之前就有人發現了。洪堡指出該河的精確地理位置，並證明這條河可以通航。

在世界瀕臨改變，新舊大陸之間貿易大大擴展，工業革命來臨的前夕，卡西基亞雷河的存在和利於航行，是極為重要的信息。軍隊和傳教士紛至沓來，但沿岸居民大量遷走；拉‧孔達米納率先注意到這個問題。他寫道：「一個世紀之前，馬拉尼翁河兩岸還住著許多部族。歐洲人來了以後，他們就遷徙到內陸了。」

「這些工作認真而勤勞的人，航行於亞馬遜河上，不是為了掠奪，而是為了考察。」

研究植物學、動物學和早期民族誌的學者德‧奧爾比尼（Alcide d'Orbigny），提到19世紀的一些學者時，就是這樣評價他們的。這個偉大科學探索的時代，也少有屠殺印第安人的事傳出。

這些探索者多半是博物學家，其中大部分是植物學家；照啟蒙時期的說法，他們在某種程度上也是哲學家，就像洪堡。他們在往往同時研究好幾門學科的科學知識，因而博學多才，成為研究亞馬遜民族誌的先鋒，是再自然不過了。從他們的遊記，我們可以瞭

貝茨在亞馬遜河流域生活了11年。他帶回了14,712件昆蟲標本，其中有八千種是當時科學界還沒有發現的。成為昆蟲學權威之後，他提出了擬態說（Mimétisme），為物種演化的理論奠下基礎。

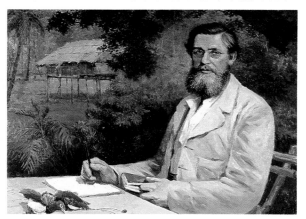

華萊士（左圖）是動物地理學之父，在內格羅河流域待四年。他提倡進化論，曾把自己討論自然選擇說的論文，交給達爾文，並與達爾文的《物種起源》初稿，同時在倫敦的林奈學會（Linnaean Society）中宣讀。

解印第安人的原始生活和風俗習慣。今日，這些印第安人的文化未完全消失，但他們大致也已經適應了白人帶來的文化，可就沒有以前的文化來得有趣了。

這時期的人，經常越洋旅遊。法王路易18派往巴西的植物學家聖-伊萊爾（Auguste de Saint-Hilaire），爲了編纂一本植物誌，在熱帶叢林裡跋涉了12,000公里。德・奧爾比尼跑遍了南美洲，幾度來回於巴西、玻利維亞和祕魯的亞馬遜河流域；當他最後回到巴黎時，帶回了十萬種物種標本。這些科學標本至今仍然是當代許多研究的基礎。

此外，馮・斯比克斯（Johann Baptist von Spix）、馮・馬特烏斯（Karl Friedrich Philipp von Martius），以及許多來自其他各國的科學家，也都貢獻良多。

這些學者置身百年來醉心於新發現的風潮之中，大受鼓舞，孜孜於研究事業，並因此而深孚衆望。歐洲輿論界也激勵他們把熱情付諸行動，並且提供資助。《環球旅遊》雜誌在三年中，連載了馬古瓦（Paul Marcoy）的遊記。馬古瓦這部遊記，敍述他在1846年至1860年間，從秘魯海岸的沙漠地區到貝倫荒原的旅程。以前，只有西班牙征服時代的編年史家，對於新大陸做過如此重要的記載；時移事往，探險和入侵已改變了新大陸的面目。

19世紀的學者從美洲帶回來的大量文獻、筆記和標本，是科學和歷史研究永遠查考不盡的資源，重要的程度，不亞於西班牙塞維爾印度檔案館的文獻。

「他們在巨蟒的頸部栓綁繩子，吊在一棵樹上，然後像爬桿一樣爬到蟒蛇的頸部，用刀劃開蛇的喉嚨，然後自己順勢滑到地面，同時將巨蟒開膛剖腹，一劈到底。」
馬爾特-布倫

可供蟒蛇安睡的巨型睡蓮

這段時期裡，在亞馬遜河流域無數的發現中，有不少有趣而且美妙、值得注意的事物。

植物學家荀姆伯克（Robert Schomburgk），1840年代在當時屬於英國殖民地的圭亞那探險。有一天，他無意中見到了一棵精美絕倫的巨型睡蓮。這種睡蓮的葉子非常大，有如一張碩大的烤盤，直徑約兩公尺，足足可讓一條巨蟒盤踞在上面，在花朵的濃蔭下打盹。寬闊的花冠色澤有層次變化：由珠光白的花瓣向中心的玫瑰紅逐漸加深。

荀姆伯克將此花以他的女王名字命名，稱作「維多利亞女王蓮」（Victoria regia）。這種花與亞馬遜河的寬大十分相稱，是所有植物園都想擁有的珍品。日後，還會有一些珍貴的發現，儘管有些是有害的，這些發現卻使得亞馬遜河再度充滿傳奇色彩。

南美洲的凱門鱷魚（caïman）和蟒蛇，是亞馬遜河流域的兩大巨魔。黑色的凱門鱷身長五至六公尺，而生活在加勒比海沿岸的中美洲鱷魚，長度超過八公尺。據說，南美巨蟒有的長達12公尺，重 150 公斤。

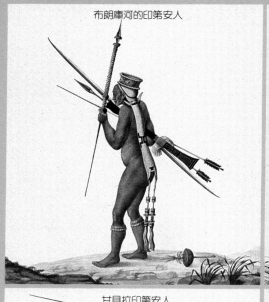

布朗庫河的印第安人

尤里克納（Uereou
印第安人

甘貝拉印第安人

馬育烏那印第安人

巫阿皮印第安人

馬烏阿印第安人

《哲學之旅》

17 83年至1792年,有一支葡萄牙學者組成探險隊,編繪出極珍貴的亞馬遜河流域民族和動物圖像。費雷拉(Ferreira)是科英布拉(Coimbra)大學的「自然哲學」博士。與他同行的兩位里斯本皇家自然史學院畫家,是科迪南(Codina)和弗雷(Freire)。他們持續不斷繪圖,九年裡長途跋涉了四萬公里(等於繞地球一圈),踏遍了內格羅河、布朗庫河(Branco)、馬代拉河(Madeira)、瓜波雷河(Guaporé),以及馬莫雷河(Mamoré)。他們是最早採用精準繪圖的方法記錄下實物的人。從他們的作品裡,我們看見一種用來射箭或矛的裝置,是人類最古老的武器,甚至比發明弓的時間還早(左頁下圖)。

蜂鳥

豪豬

黑蜘蛛猴

吼猴

美洲野豬（西猯）

食蟻獸

有毛蜘蛛猴

科學繪圖

《哲學之旅》的兩位繪圖者科迪南和費雷拉，觀察力十分敏銳。他們對亞馬遜河流域的野生動物、印第安人的武器和服飾，都作了精密的描繪。巴西人稱作「吻花鳥」的蜂鳥，個頭很小，羽毛色澤絢麗如同琺瑯精工。肉味鮮美、營養豐富的美洲野豬，是當地特產；牠們群居而生。印第安人用長矛來獵捕野豬，而且不浪費自然資源，只按平日食用以及儲備所需的量來獵殺。他們燻製乾肉以備雨季（冬天）食用。懸鉤尾猴（蜘蛛猴），是全世界唯一能用尾巴和臂膀在枝椏間盪來盪去的動物。吼猴比較笨拙，同時名不副實，牠們只在日出或日落時在森林中發出呻吟般的聲音，而不吼叫。

嬌鳳

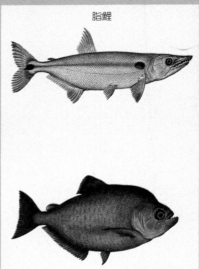

脂鯉

雪鷺

岩雞

馬塔-馬塔

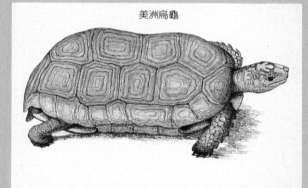

美洲烏龜

鱷魚

命運多舛的手稿

脂鯉魚（在奧里諾科河地區稱作食人魚）十分有名，牠不像人們過去所知道的那樣小，而是跟鯉魚一樣大。岩雞是所有美洲鳥類收藏家夢寐以求的珍品，牠深紅色的羽毛展開如一把扇子。馬塔-馬塔（mata-mata）是一種奇異的龜類，牠的頸部不能收縮，只能把腦袋藏在側面的底下。費雷拉的手稿好不容易安全運抵里斯本，但又面臨新的厄運。首先，在拿破崙入侵時期，被聖-伊萊爾竊走而下落不明。1815年費雷拉逝世時，以為自己的一生心血就此丟失。手稿後來收回，又再度散失，直到一百年後才又重新結集。

「埃斯梅拉達斯（Esmeraldas）省那一帶，有一種三葉橡膠樹。只要在樹身上劃一個切口，就會流出像牛奶一樣的白色液體。這種液體暴露在空氣裡之後，會逐漸變硬發黑。〔……〕馬雅族印第安人把從樹上取出的樹脂叫作"cahutchu"，發音為卡丘烏，意思是『哭泣的樹』。」

拉・孔達米納

第四章

橡膠大冒險

「發現橡膠樹和應用橡膠技術的功勞，都該歸給印第安人；可是，這個工業成就竟然導致了他們的毀滅。」

梅特羅
（Alfred Métraux）

拉‧孔達米納在報告中所提到的這一點，特別引起巴
黎自然科學院中權威人士的注意。

關於奧馬瓜族印第安人使用的灌注器

書中這樣說：「葡萄牙人從奧馬瓜人那兒學會製
作唧筒式的灌注器，不需活塞，即可抽取
氣體。梨形的灌注器是中空的，頂端有個
吹孔，套上細長的桿子。用力擠灌注器，
就會壓出裡面的液體，效果和唧筒一樣。奧
馬瓜人經常使用這種用具。每逢節慶或聚會
時，主人總不忘禮貌地發給來賓每人一
桿，而且總是在宴會之前就抽用光了。」

就這樣，現代工業技術的一大成果，
可以回溯到亞馬遜河流域原住民的吸毒器具。
巴西的語言中留下了紀念：住在橡膠林裡的人
稱為「賽林格」（Seringue）；汲取橡膠樹汁的人叫
「賽林蓋格」（Seringueiro）。

拉‧孔達米納的報導中還說：奧馬瓜
人在灌注器中裝滿麻醉劑，然後用鼻子吸，
或直接灌進體內。這足以說明他們聚會時
所發的桿子的用途。歐洲的第一件橡
膠製品──橡皮擦，是英國化學家普
利斯特里（Joseph Priestley）發明
的。他把橡皮擦叫作「印第安擦拭者」
（Indian rubber）。

遠古時代的印第安
人就懂得利用橡膠

中美洲的馬雅人所玩的

馬遜河流域的土著是吸食生橡膠的高手。雅諾馬米人（Yanomami）至今仍有吸食迷幻藥的習慣。他們用中空的植物桿子當吸管，由鼻孔吸入麻醉劑。

球，是用橡膠做的。也玩這球戲的，還有海地的泰諾人（Taine）、巴西中部的阿皮納耶人（Apinayé）和瓜拉尼人（Guarani）。奧里諾科河上游沿岸的印第安人，用橡膠包住鼓槌，在潮濕的木頭上加一點膠，這樣比較容易點著；他們還用橡膠填補獨木舟上的縫隙。

　　早在18世紀初期，帕拉省的葡萄牙人已從印第安人那裡，學會了把橡膠漿注入模具做成靴子和容器，或把它塗在帆布上防雨。從此，有很長一段時間，橡膠出口貿易所生產和買賣的，是靴子、容器、防水帆布，以及管子、墊圈和皮帶。

麥金托什、漢考克、固特異、米其林、鄧祿普：日後的著名品牌

自1850年起，自行車和汽車的需求量驚人成長，引發了亞馬遜河流域的橡膠熱。此外，許多發明家的新奇發明也是原因之一。

1832年，蘇格蘭人麥金托什（Charles Macintosh）因生產膠膜織物（防水雨衣）而名聲大噪。七年以後，漢考克（Thomas Hancock）發現了可以讓生橡膠成型的方法。1839年，固特異（Goodyear）發明了橡膠硬化法；日後製造出充氣輪胎，便是以此法為基礎。

　　從此，橡膠的歷史與

汽車的歷史密不可分。1888年，一位愛爾蘭的獸醫，爲了給十歲的兒子做一輛三輪車，因而發明了第一隻充氣輪胎。他決定申請專利，結果如願以償。此人叫鄧祿普（John Boyd Dunlop）。又過了四年，法國人米其林（Edouard Michelin），製造出第一個可以拆卸的充氣式橡膠輪胎。

景氣看好，橡膠的需求量與日俱增。由於三葉橡膠樹只生長在亞馬遜河流域，而且壟斷者可以隨心所欲地訂定價格，於是亞馬遜域成爲赤道的克朗代克（Klondike）大金礦。橡膠這黑色金子，從玻利維亞、秘魯、厄瓜多爾、哥倫比亞、委內瑞拉等國，沿著馬拉尼翁河、烏卡亞利河（Ucayali）、雅瓦里河（Javari）、馬代拉河、納波河、普圖馬約河、卡克塔河和內格羅河而下，匯集到馬瑙斯。馬瑙斯是一個可以終年出海行船的深水港，在這場橡膠熱中，一躍而成爲世界橡膠之都。乳膠塊（latex）堆在浮動的船塢上，沒多久，馬瑙斯就因爲暴富，而成爲極度奢靡的城市。古老的傳說又死灰復燃了嗎？

馬諾阿已頹，馬瑙斯繼起

19世紀初，馬瑙斯只是個叫作巴拉（Barra）的小鎮。1669年，葡萄牙人在這裡建築堡壘，以監視西班牙人活動。當德·奧爾比尼1830年左右到巴拉時，見這裡三千多貧困居民，竟能靠當地產物謀生，印象非常深刻；這些產物包括魚乾、菝葜、巴西核桃、龜蛋油等。

隨著橡膠需求量的日益增多，巴西從1867年起，將亞馬遜河向其他國家開放。這時，米其林、鄧祿普和固特異的時代還沒有來到。十年後，第一艘英國貨輪在馬瑙斯停泊。此後，就再也沒有什麼擋得住這些大船了。

採收橡膠

橡膠農在他包租來的採收區裡，沿著小路巡視他的橡膠樹。為了獲得收益，需要擁有上百棵膠樹。他每天早晨必須用四個小時的時間，在太陽凝固住膠汁和封閉樹上的切口之前，從上百棵樹上取得汁液；平均每天可以收集到五、六公斤的膠汁。然後，他返回小棚屋，用新鮮的酸性棕櫚果核當燃料，薰烤膠汁。液狀的膠汁在轉動的木棍上逐漸凝固，最後形成一個重約30到40公斤的膠團。做完這項工作以後，他再回到森林裡，撿拾第二天烤橡膠用的果核，然後才吃點東西，稍事休息。

惡性循環

每逢雨季，無法採膠的時候，膠農們就順流而下，把採收到的橡膠運到馬瑙斯。中間商在那裡等候。膠團劈開之後，按品質分級，再過磅。在他們課扣完薪資以後，又和膠農簽訂新的合約。中間商的店裡堆滿了罐頭、飲料、衣服，獨自生活在雨林裡的窮困膠農渴望擁有的所有東西，那兒應有盡有。因此，我們可以想像，這些膠農回家時比來時負了更多的債。於是自以爲「自由」了的膠農，年復一年地積欠主人債務，永遠無法清償。

馬瑙斯城的規模，是1893年就任總督的里維羅博士（Dr. Ribeiro）建立的。他說過：「我找到一個村莊，把它建成一座現代城市。」在有軌電車最早啓用的時候，當時新開幕的歌劇院有三個劇團輪流演出。馬瑙斯城裡有三家醫院，其中一家是精神病院，另一家則專為葡萄牙人而設立。此外還有10所私立中學、25所小學和一座公共圖書館。馬瑙斯希望富庶，也提倡科學。

後來，膠乳保存技術改進了，橡膠成為很方便運輸的商品，一切都改變了。1850年，巴拉改名馬瑙斯，晉級為省的首府，並且得到第一筆政府提供的設備貸款。這一年裡就生產了近千噸橡膠，全部運到帕拉。1870年生產 3,000 噸，到了1880年增至12,000噸，而到20世紀初已達20,000噸。

那時，馬瑙斯已是一個有50,000人口的都會。居民不再衣衫襤褸，雖然比不上倫敦和巴黎人衣著光鮮，倒也穿戴整齊。交易不用密耳雷斯（milreis）舊幣，而改用金幣。談生意的地點也不是在過去那種破舊的桌上，而

是在供應了香檳、威士忌和白蘭地的高級咖啡館，這兒的侍者來自歐洲，個個訓練有素。運送橡膠去紐約和利物浦的貨船，帶回了許多銀行家和漂亮女子。總之，亞馬遜河流域的生活不再枯燥乏味。

城市開始向沼澤地帶擴張。城裡鋪上由里斯本運來的街石，連鋪路工也是葡萄牙人。16公里長的林蔭大道，由有軌電車連結；這時候美國波士頓的街頭還在使用馬車。為了確定橡膠行情，有電話的人，每天早晨與世界各大證券交易所聯絡。1897年初次裝設電話，就有300個用戶。歌劇院那綠色、黃色和藍色的

華 萊士在1889年寫道：「在亞馬遜河流域，人人熱中於做生意〔……〕。商販雲集，大部分是流動攤販；只不過他們的商品是用小船裝載。」50年後，從貨輪上卸下的商品堆滿了倉庫，商人生意興隆。

圓頂，巍然聳立在所有的屋頂之上，異常耀眼醒目，成爲馬瑙斯黃金歲月的表徵。

就在同一年，在馬瑙斯和利物浦之間，布思航運公司（Booth Line）開通了一條橫貫大西洋的定期航線。馬瑙斯的確是成功了。

危機：美景消散，現實迫近

1908年至1910年，是馬瑙斯的鼎盛時期；三百萬平方公里的森林裡，還有八千萬株三葉橡膠樹尚待開發。馬瑙斯每年出口八萬噸生橡膠，單是出口稅，就可抵銷巴西40%國民總債務。不過，好景不常，亞馬遜河流域的橡膠產量佔全世界的一半。僅佔一半，是因爲壟斷的時代已經過去了。30年前從亞馬遜河流域偷走的種子，已種在馬來西亞長出大片的三葉橡膠樹林。那裡的收獲量和成本，是巴西難以匹敵的。此外，長期的野蠻掠奪使林木枯死，樹膠產量逐年減少。從那時起，亞馬遜河流域就因經濟劇變而面臨危機。

開始有人宣布破產。1912年，他們虧本出售資產，眼看他起高樓，眼見樓塌了。劇院關門了，夜總會和名品商店也倒閉了。唯有拍賣行生意興隆，往日的大亨在這裡廉價拋售首飾、家具、藝術品……布思航運公司的售票窗口公告，開往歐洲的航線班班客滿，船位已預訂至數月以後。不變的是那些住在偏遠地區，一向冷漠的窮人：粗俗的女人，睡在棕櫚葉遮蓋的走廊下；成群的孩子，光著腳丫子跑來跑去，被揚起的塵土染得紅噗噗的；馬路通往各地的柏油路，消失在遠處幽暗的森林邊緣。

這一年，距離馬瑙斯約兩千公里處，一條 350 公里長的鐵路啓用了，聯結馬代拉河和馬莫雷河。

法國商人普拉納（Auguste Plane），這樣回憶他1903年在馬代拉河上的一次航行：「十點鐘，客艙主任的鈴聲響起，表示午飯已經準備就緒了。這些商人在航程中盡情尋歡作樂。對於這些人來說，旅行就是過節。他們將要在雨林中分道揚鑣，許多人會染上黃熱病，最後不治而死。」

興建馬代拉-馬莫雷鐵路這個計劃，非常龐大，奪走了許多印第安人的性命；工程師們稱它是「瘋狂瑪麗亞」。歐洲人用「每根枕木多少人命」，來計算他們在非洲殖民地築鐵路所付出的代價。依照這個標準，這條鐵路付出的代價果然十分慘重。1908年，在巴西和玻利維亞交界處，一個偏遠而且森林密布的地帶，開始了築鐵路的工程。所需的東西，都用船、騾子和挑夫從世界各地運來，包括英國的煤和美國匹茲堡的鋼。諷刺的很，就連枕木也要進口，因為只有澳洲的油加利樹，才合乎防白蟻蛀食的要求。築鐵路時，大家打著如意算盤：阿克里省（Acre）和馬德雷‧德‧迪奧斯省（Madre de Diós）的橡膠資源，都需要這條鐵路外運。但是，五年後鐵路完工，橡膠市場土崩瓦解。六千名勞工白白送命。

築這條鐵路的目的，是要把橡膠從玻利維亞運到巴西的韋柳港（Pôrto Velho），然後轉裝到沿亞馬遜河航行的貨輪上。這條穿越赤道雨林的鐵路，修築了五年，投入了上千萬英磅和將近六千條人命。結果卻毫無用處。原來玻利維亞出產的橡膠價格太高，當地的兩位財閥蘇亞雷斯（Suárez）和阿拉尼亞（Julio Araña），只得另尋財源。

玻利維亞人蘇亞雷斯：橡膠界的洛克菲勒

白手起家的蘇亞雷斯，是亞馬遜地區最富有的橡膠企業家。他在玻利維亞擁有驚人的資產：800 萬公頃土地，貝尼河（Beni）沿岸的里韋拉爾塔（Riberalta）及貝亞鎮（Bella）兩座城市，一連串有「蘇亞雷斯兄弟公司」（Suarez Hermanos）標誌，供船隊停泊的中轉碼頭，以及馬代拉河上的獨家航行權。他們一家有七個兄弟，其中最小的，為了設置公司，竟強行入侵卡利普那族（Caripuna）印第安人的領土，並因而喪命。結果，為了一條蘇亞雷斯的命，

這個蓄著瀟灑鬍鬚的人，很容易被當作是到溫泉來度假的人。橡膠大王蘇亞雷斯，不動聲色地積累財富。他的妻子過世後，他在埃斯佩蘭薩（Esperanza）大瀑布區的雨林中，為亡妻建了一座紀念碑；紀念碑在馬代拉河壯觀的瀑布上方，彷彿見證了他倆的發跡地。

他們殺了三百名卡利普那人，才算了結此事。

　　蘇亞雷斯對外宣稱，這些印第安人很懶，而且不易招募。他們有個朋友想出一個奇特的招數——蘇雷亞斯豢養了 600 名印第安女子，任來客尋歡作樂，以此繁殖人口。然後等他們的後代長大，好幫他作工。

阿拉尼亞：一位難以捉摸的紳士

阿拉尼亞就比蘇亞雷斯文雅得多。雖然他的皮膚是黃褐色的，對女士們卻是彬彬有禮的。他的藏書，他在倫敦的住宅，他子女的英國保姆，以及他對家庭生活的迷戀，是大家津津樂道的話題。除此之外，大家一無所知了。阿拉尼亞很不引人注目，他不像別的兄弟會上夜總會尋歡作樂。每天早晨，他準時走進「亞馬遜祕魯公司」——他的畢生事業，終日足不出戶。

馬遜河的橡膠出口量成長得十分快速，河上往來的船隻相當頻繁，物價也跟著暴漲。1900 年，馬瑙斯一隻小雞，值今日的新台幣約 700 元，一把胡蘿蔔值 230 元。中間商和新的行販應運而生。他們每年先供應橡膠農食品，送往雨林；然後在回程時買賣橡膠。這種買賣的結果，讓富者愈富，貧者愈貧。

"RED RUBBER" ONCE MORE:

他卓有遠見，又精明又善用策略。他明白自己賴以發財的玻利維亞橡膠，離貿易地點太遠，所以他全力支持修建馬代拉-馬莫雷鐵路。也正因為如此，從1905年起，他大肆掠奪馬瑙斯附近，普圖馬約河流域三十萬平方公里的森林。這地方有一大片橡膠樹林，位於哥倫比亞和祕魯之間，是塊有糾紛的土地。

那兒也住了不少性情溫和的印第安部族，例如博拉人（Bora）、安多克人（Andoke）、菲多多人（Huitoto）、奧凱納人（Ocaîna），人口接近五萬。

「30,000條人命，4,000噸橡膠。」這是1912年7月20日《倫敦畫報》跨頁的標題；報導主題叫「普圖馬約河啟示錄」。報上刊登了阿拉尼亞的印第安膠農的照片，揭露了他們在營區中的生活狀況。拉‧喬雷拉（la Chorrera）和埃爾‧恩卡托（El Encanto）營區裡的工頭，用皮鞭抽打他們，在他們的眼上留下了變形的腫塊和疤痕。

THE PUTUMAYO REVELATIONS.

埃爾‧恩卡托的西班牙文意思是蠱惑；二次世界大戰時，在波蘭境內的奧希維茲（Auschwitz），以及德國境內的布亨瓦爾德（Buchenwald）兩處猶太集中營門上，有這麼一句話：「勞動帶來自由」。這兩個例子顯露了摧殘者的恐怖幽默。從這意義上看，阿拉尼亞是始作俑者。

從西班牙殖民時代起，大家就知道這些印第安人了。

阿拉尼亞在安地列斯群島，招募了一支屬於英國臣民的巴貝多（Barbade）黑人部隊。此外，他也在倫敦設立總部，並向當地金融界提供資金。這些舉措使他獲得了尊敬。武裝的軍隊進駐森林招募印第安勞工，他們共徵集了三萬人，這些勞工集中居住在公司控管的村寨中。

亞馬遜祕魯公司爆出驚人醜聞

沒多久，倫敦就出現各種傳聞，對原住民勞工遭受的待遇議論紛紛。調查委員會因而成立。五年後，該委員會公布了一項報告，把雨林說成是殺戮戰場。整個地區的50,000名印第安居民，剩下8,000人。

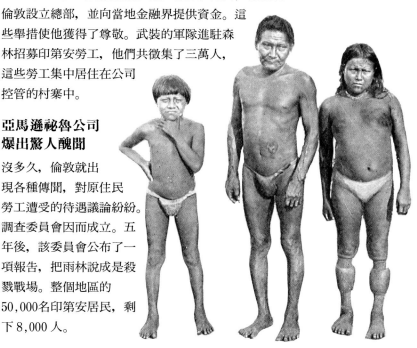

「願我國王陛下、我女公主和我兒王子，
保護海島和陸地上的印第安人，
勿讓他們蒙受人身或財產的損害；
務必要保證，日後會公正而仁慈地對待他們。」

西班牙女王伊莎貝拉的遺囑

第五章
印第安人和雨林

「我們是高貴民族的後裔，住在西方大陸，總是與大自然和諧並存。現在，我們不得不忍受土地和人民所遭受的侵害。」

蘇利南的卡林加族
（Kalinga）印第安人

客觀看待一個與我們截然不同的世界，是很困難的。印第安人和我們之間的問題，是文化的問題。西方的文化，是一種與大自然對立的文化；我們用強制和爭鬥的手段去征服大自然。對西方人來說，「擁有」比生存更重要。

印第安文化是一種與大自然合而爲一的文化。印第安人認爲，動物和我們人沒什麼不同；樹木和群山有一個或多個神。有時候，在不違反自然法則的情況下，印第安人也偷盜，甚至殺生。但是，他們從不囤積居奇。在他們的生態裡，自然環境與生活密不可分。

在印第安人和大自然之間，一切安靜地發生

印第安人削鑿流線型的獨木舟，在河面上平穩地滑行。爲了不驚擾敵人，他們在無法辨認的林間小徑上疾奔時，悄無聲息。作戰或獵捕美洲野豬時，他們通常使用長矛而不用弓箭，並且只獵殺所需要數量的野獸。當他們潛行接近獵物或敵人時，會發出如獵犬一樣響亮的叫聲，但只一瞬間，萬籟又重歸寂靜。

印第安人通常用弓箭狩獵，而且箭頭式樣繁多，用途不一，可以依需要而更換使用。作戰用的箭鏃，是用在火中烤硬的竹片做成的，鋒利如剃刀。雅諾馬米族印第安人用箭鏃來削頭髮。

在印第安人的服飾中，羽毛具有重要作用，所以他們需要很多羽毛。印第安人用不尖的箭端來打昏鳥

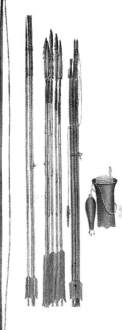

兒，而不殺傷有珍貴羽毛的鳥類。

　　然而，最精良的武器是吹箭槍。它是用一根光滑空心的桿子製成的。用嘴一吹氣，可將一枚粗針大小的箭頭射出20公尺遠，射進獵物兩、三公分深。

　　如果箭頭沒有塗抹毒液，這樣深淺的傷口並不嚴重；但若上了毒藥，毒液會使肌肉組織逐漸麻痺而致命。他們的武器一般都很長，弓和箭通常有兩公尺長，矛長三公尺，吹箭槍更是長達四公尺，但印第安人在茂密的森林中，仍能靈活使用這些武器。

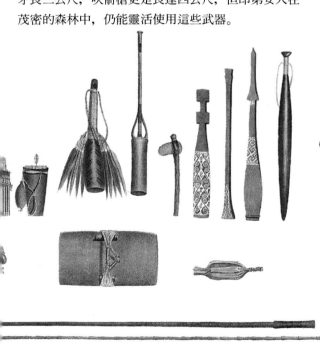

學習走路

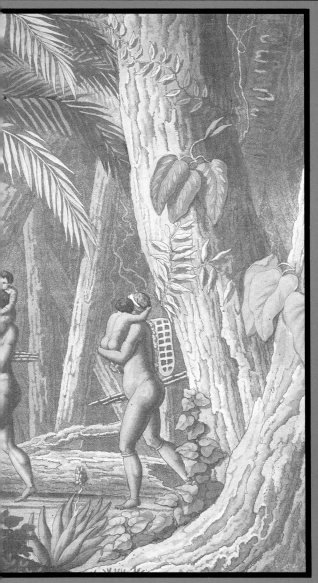

人種學家克拉斯特爾（Pierre Clastres），請求接待他的主人阿謝（Aché）一家，陪他到森林去。對方顯得為難。「實際上他們是怕我跟不上。最後，他們答應了，而我也很快就明白了他們為難的原因。為了不浪費時間，他們走得很快。我在最後愈走愈慢，有時會被藤蔓纏住動彈不得，或者突然撞上一棵樹幹。我的衣服被荊棘鉤住，要費很大的勁才能把荊棘扯掉。我不僅落後，而且發出聲響；阿謝一家走得悄然無聲，靈活迅速。不多久，我才發現，自己的笨拙有一部分來自衣著。裸體的印第安人很少因為擦過樹枝或藤蔓而受傷。於是，我決定脫掉自己的衣服。」

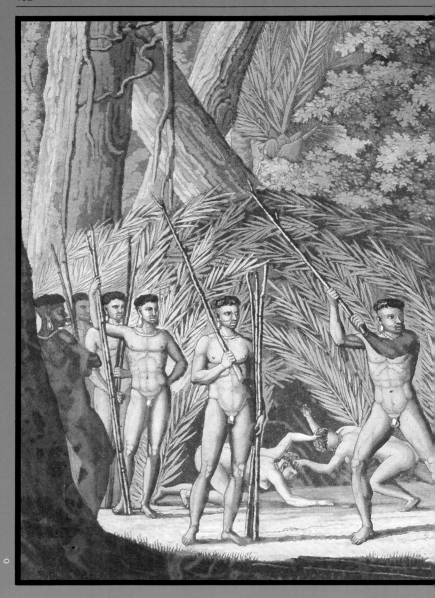

細菌戰

巴西的阿克里省，位於與秘魯和玻利維亞的交界處，亞馬遜河的兩條支流，茹魯阿河（Juruá）和普魯斯河（Purus）流過這兒。這兩條河全程都可以通航，因此在19世紀初，就有人探勘過源頭了。沿岸的印第安人對探險者十分友善。此地發現了豐富的橡膠樹資源後，一切都起了變化。蘇亞雷斯建立了他的王國，對印第安人來說卻是不幸。為了快速除掉沒有用的人，膠農採取18世紀英國人和法國人對付北美洲印第安人的手段：發給他們染有病菌的衣服。現在，當地的原住民事實上已無人倖存。

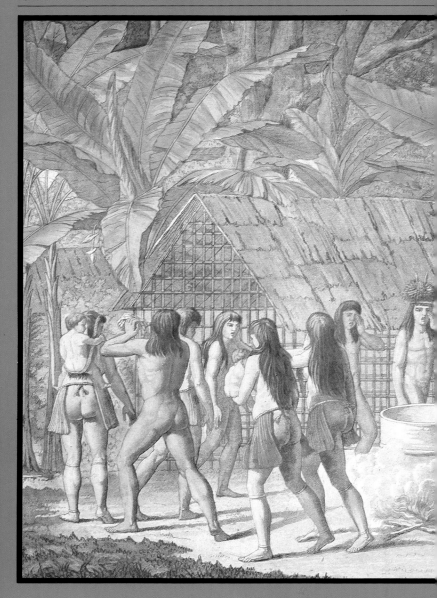

舞蹈

和世界各地的人一樣，印第安人的舞蹈旣是語言又是慶祝典禮。在古老的時代，慶典分爲世俗和宗敎兩種；以舞蹈爲語言時，它包含敍述功能，如鳥類的求偶舞。也有在敍述功能之外的舞蹈語言；因爲詞語不足以表達情感或思想，於是就跳舞。時而莊重，時而狂亂，舞蹈表現了生命的本能。肉體與靈魂，可見與不可見的二元性，在超越時空的狂喜當中，重新體現自我。印第安人的舞蹈種類不計其數，不過，大部分都儀式化了，偶爾也有自由發揮的。從人生各階段到普通的生活現象，印第安人都用舞蹈來觀照，如出生、靑春期、死亡、戰爭、婚姻、建房和開園等。

亞馬遜河流域的發明：烤肉架

在旱季，當河流水位降到最低時，印第安人在河裡設下用蘆葦編成的攔水壩。他們在上游把揉搓過的，具有麻醉作用的草團放入水中。水流把中了麻藥後浮在水面的魚沖到壩上，印第安人就等著舀取魚兒了。這種捕魚方法稱作「巴巴斯科」（barbasco），就是捕魚用的草的名字。

雨季天氣壞，獵物減少，印第安人就用比較軟的樹枝做成長長的木柵，架放在碳火上，烤製或煙燻魚類，以便貯存。在狩獵中捕獲的美洲野豬和獏，也用同樣的方法切塊，加工。

這種燻烤的架子，海地的印第安人稱作「巴巴柯阿」（barbacoa），西班牙人借用了這個名稱。17世紀時，探險家們在安地列斯群島打獵後，用來燻肉的木架子叫做"barbecue"，和現在常說的美語"barbecue"同一字。這字在現在的用法裡，既指烤肉用的木架，也指烤肉這活動。

薩滿的存在，是印第安人團結的最可靠保證。因此，印第安部落面對現代世界的威脅，而仍能倖存，薩滿功不可沒。傳教士及人類學家都有此認識。薩滿集占卜者、僧侶和醫生的功用於一身，關心全族人的健康和福祉，為族人解決問題。

印第安人的世界神奇無比，超自然的事物到處都是

梅特羅解釋說：「亞馬遜地區的印第安人，能在一切大自然現象中感受到超自然的存在物。瀑布、河流的漩渦、形狀奇異的岩石，都是精靈們的住所。對於任何一個精靈，印第安人都需要小心應付和安撫。」

因此，唯有懂得如何超越可見的東西，認識到不可見，才能驅逐出超自然的東西；靈魂的引導者薩滿（chamane，巫師），就是做這件事的。薩滿能離開自己的肉體，去尋找被疾病趕走的靈魂；他協助族人度過生育、死亡、青春期等難關。在某些部族中，這些時期必須舉行有危害性質的宗教儀式，如食用過量的酒、煙草，以及迷幻藥。

薩滿是吸毒專家。為了熟悉藥性，薩滿受過長期而危險的訓練，他能把全部族人引導成

幻覺和恍惚狀態並不只是薩滿才會發生。共同分享麻醉劑是聚會不可少的活動；例如，維托托人（Ouitoto）和雅諾馬米人，就用鼻孔互相吸毒。這時候，麻醉劑不僅是一種財產的交換，符合部落的道德法則，並且有助於紓解團體的情緒，促進心靈平靜。置身於邪惡勢力中的印第安人，以此法確保「健康」體質。麻醉劑加強了幻覺作用。超自然的經驗並不都是那麼可怕的。

集體心醉神迷的狀態，同時又嚴密監控儀式，以確保
族人安全返回現實。某些藥物是用煙燻方法吸用的，
另一些則煎煮服用，或由鼻子吸入，甚至也有以灌腸
法灌注藥物的。雅諾馬米族的獵人以鼻子吸服「埃貝
那」（épéna），好保持感官的靈敏。此外，皮亞羅亞
人（Piaroa）服用的「瑤寶」（yopo），與他們所使用
的箭毒同樣有名，都是饋贈儀式中交換的物品。

人、鳥、羽毛：色彩瑰麗的裝飾

印第安人愛開玩笑，好幻想，重視外貌。他們喜歡在
大庭廣眾之前炫耀自己，男人比女人更愛打扮。他們
用「羅果」（胭脂樹）籽搗成的紅色漿液，在自己的身
體上描繪出各種巧妙的圖案。有時他們用碳黑或植物
的藍色汁液描上去，使圖案更醒目。臉部則用黑、紅、
白等顏色勾勒圖案，有時還塗上漆。女人的臉譜比男
人的更複雜而細緻。

「裸體的原住民，披戴上草編的東西和棕櫚葉流蘇。他們像掉了毛的大鴕鳥似地，鑽出屋子。身上的珠寶，醒目的彩妝，似乎存心作爲背景，將身上其他的裝飾襯托得更加光彩奪目，例如羽毛、花卉環繞的閃亮獸牙。在這一種文化裡，彷彿所有的生活內涵，都是爲了表達出對生命之形式、物質和色彩的熱愛。」

李維・史陀
（Claude
Lévy-Strauss）
《憂鬱的熱帶》

　　他們除了鮮麗的衣著，往往還配置各種飾品：耳垂上掛著一簇巨嘴鳥羽毛，胸前垂掛獸牙項鍊（證明狩獵能力），腕上佩戴植物種子做的鍊子，另外還有頭髮編的縛帶（讓手臂和腿部肌肉鼓起），嘴脣飾物，胸飾，以及各種的墜子。

　　棕櫚葉裙子和羽毛冠或大的鳥羽冠冕，是宗教儀式時專用的。在這些宗教儀式上，還要使用面具，也要演奏聖樂的樂器。由於聖樂是遠祖的聲音，所以禁

止婦女觀看這些樂器。在這類場合裡，男人排列成莊嚴的儀仗隊形，揮舞著狼牙棒和劍。這些武器如今只用於儀式上，但是在過去，這些是圖皮族或加勒比印第安人舉行食人儀式時，用來處決俘虜的武器。

部落公舍落成時，狂歡幾日不休

部落公舍是永久基業的象徵。這種房子有如一個村莊廣場，通常有屋頂，能供百人居住。許多小房間在外圍，排列在房屋四周，由中心點向外呈扇形分布。

　　這種房屋結構，具體呈現出印第安人社會的基礎單位；這個基礎不是一對夫妻，更不是個人，而是共同居住在一處的親緣部落。在公舍裡，所有的人依年齡來論尊卑，年紀大的待所有年幼的如同子女，年紀小的敬所有長者如父母；當然，原有的父母子女之間，

索里莫斯河（Solimões）上，有一支圖庫納人（Tukuna），生活在巴西、哥倫比亞和秘魯三國交界處，是規模頗大的印第安民族。兩百年來他們一直與白人和睦相鄰，並且仍然保有自己的社會文化。但是就在最近，國際新聞界披露了他們在巴西遭到屠殺的事件。

「雅諾馬米人的宇宙觀和他們的住所形式之間，關係密切。中心廣場就是天空的中心位置。支柱是陰陽兩界的中間人，也是薩滿升天的工具。因此，天幕按照凸面結構設計，中心則是一個圓台；周邊慢慢降到地平線，觸及人間世界。」

利佐
（Jacques Lizot）

仍然維持他們的血緣關係。綿延了幾代的家族，可共同居住一個屋頂之下。這種公舍象徵了印第安人的宇宙觀，以及宇宙進化論，是每個印第安人都要學習，要認識的一本書。

村莊外是森林，在莊子與森林之間開闊的土地，栽種了樹薯，這是印第安人做麵包和釀酒的原料。他們還種了香蕉樹，以及少量的甘蔗、菠蘿或番木瓜。若干年後，當雨水損壞了屋頂，沖走了果園肥沃的表土層，這時此處就需要休耕，整個群體也會遷移到新的地方。這群人重新開墾土地，修建部落公舍；然後，新的落成儀式又將展開。

雅諾馬米人既怕水又怕光，於是他們逃入森林深處，住在遠離河流的地方

雅諾馬米人的領地，跨越委內瑞拉和巴西邊界，可能代表了存留至今的最古老的印第安文化。他們不斷遷移，但與大自然互依共生。男人們的所有行裝，就是一張弓和三支比人還高的箭，以及

「豹貓的精靈啊，請你降臨到我身上吧！埃庫拉（Hekura），你沒有幫助我！漫漫長夜裡，我想著復仇的事。我看見了禿鷲的精靈和月亮的精靈。月亮的精靈出現在村寨，想著要吃人肉，這時候，它被蘇伊利娜（Suhirina）的箭射中了。從傷口流出的血裡，生出一大群禿鷲。月亮的精靈，禿鷲的精靈，你們都是吃人肉的。禿鷲，你的頭沾滿了血，鼻孔裡爬滿了蟲。蜻蜓聚集在天空。奧馬烏（Omawe）在地上用弓鑽孔，從這洞裡噴出水，直衝雲霄，形成天幕。上面有蜻蜓聚集，上面住著口渴的人。讓雨水落到我身上吧！奧馬烏燒傷了我的舌頭！讓他們潤濕我的舌頭，讓它清涼！那些命令惡魔奪走我們孩子的人，無論身在何處都將受到我的懲罰！」

　　一個雅諾馬米族的薩滿為一個死去的孩子祈禱的咒語
利佐記錄

一根可抵半張弓的粗短木棍；背上掛一只小竹筒，裡面裝幾支備用的箭頭和一支鉛筆大小的細棍，棍尖上用繩子捆紮了一顆刺鼠牙。

雅諾馬米人天生驍勇善戰。他們以獵取動物和採集果實為生。他們隨處尋找食品，偷取蜂蜜，徒手捕捉洞穴裡的犰狳。他們吃得很簡單，除了肉類弄熟了吃以外，其他大多生食。他們在用樹皮條子編成的小吊牀上睡覺。從文化意義上來說，他們生活在一個資源豐富的鬼魅世界裡。

南美洲最大的原始部族，正為生存而掙扎

雅諾馬米人能夠繁衍到今日，並且能有如此驚人數量的人口，原因是否就在於他們至今未與白人接觸？反過來說，他們如今仍然漂泊，仍陷在險境，是不是也因為他們沒有接受其他文明？但是無論如何，二、三十年前，雅諾馬米人的人口還在增加，也並未全然遺

雅諾馬米人的領地比七個台灣還大一些些，不久之前，還是亞馬遜河地區最後一塊淨土。1949至1950年間，白人第一次和雅諾馬米人的部落接觸，當時相安無事。那時雅諾馬米人仍是傳說中可怕的人；雅諾馬米人眼中的白人，則是恐怖的吃人精靈。1960年代，由於人類學家利佐的鼓吹，才開始對雅諾馬米人進行科學的研究調查工作。如今，利佐已經與雅諾馬米人共同生活了近二十年。

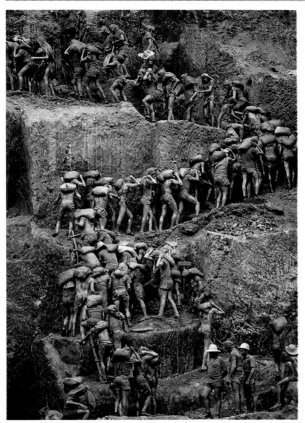

如果巴西的採礦者沒有發現，在帕里馬山脈的亞馬遜河谷地中，蘊藏有大量的金礦和鑽石礦，雅諾馬米人可能還有幸像過去一樣，生活在另一個世界裡。400年前，囚禁在倫敦塔中的羅利爵士，想要見上一面的鍍金人，又死而復生了。1987年再度燃起的尋金熱潮，把4,000個人——連同其文化和傳染病——一起帶進了雅諾馬米人的世界。因此，雅諾馬米人的處境變得十分臨尬。一方面，由人類學家和傳教士代表的白人世界，尊重雅諾馬米人的生活方式和民族特徵，記錄他們的語言和生活方式，爲他們開辦一家醫療所和三所雙語學校，使他們儘量少受文明世界的干擾。但是，另一方面，白人世界以洶湧的移民浪潮，來危害他們的文化和生存的完整。

世孤立。委內瑞拉境內的雅諾馬米人，發展出獨特的物質文明，完全沒有借用白人世界的幫助。

他們有獨木舟，有棉繩編織的吊牀，並種植了少量的香蕉和樹薯。這可能是受到定居的耕作部族耶夸納人（Yekuana）的影響。這兩個部族厭倦了征戰，現在他們互通有無，甚至互相通婚。現在這裡起了變化。如果不是突然湧進了尋找黃金和鑽石的白人，也許這個一直與外界隔絕的世界，會繼續平穩發展。

歷史在太空時代竟然會重演：肚子和錢袋兩空的投機者，長途跋涉前往帕里馬山脈，登上尚未受破壞的山，去「獲得傳說中的金屬」。勒·克雷齊奧（Le Clézio）寫道：「爲了西班牙征服者口中的金子，他們殺人，破壞，殘酷鎮壓反抗者。」1988年5月，英國倫敦的「國際倖存者組織」發出警告：「雅諾馬米印第安人今日正面臨前所未有的生存威脅。光只上個月，就已經有兩萬名淘金者侵入了他們的土地。」流行性感冒、腮腺炎、麻疹和性病到處傳染。野獸逃亡，河流污染。

白人入侵五百周年之際，亞馬遜河流域有新的訪客，尋寶者紛至沓來

根據統計，大約有四萬名「淘金客」湧入巴西，一年的交易金額，約有三百億台幣。繼尋找黃金和鑽石的人、伐木工人和移民之後，各種各樣的開發者、工程師、技術人員等人，接踵而來，如入無人之境。

對於印第安人來說，最可怕的，要算是那些開發經紀公司。他們以最現代的技術爲強大的後勤支援，在亞馬遜河流域整個地區展開行動，從中心到邊緣，不放過任何地方。除了耀眼的寶石和價值不貲的稀有金屬之外，還發現了豐富的各類礦藏：鐵、煤、石油、鋁礬土、鈾、銅、鉛等等。全球的大企業聞風而至。

這陣人潮和尋寶熱帶來的影響，讓人怵目驚心。大自然與人之間原有的和諧關係。已經完全亂了；雅諾馬米人爲此付出慘痛的代價——至少有一千五百名族人，死於霍亂、肺結核、性病等傳染病。這是以前沒有的事。雅諾馬米人說：「他們帶來米和麥，但是我們生病了；他們說是來交朋友的，但正在傷害我們。」

1987年，八百萬公頃森林焚毀，這不只是印第安人的損失，更是對全人類的威脅

森林也和原住民一樣受到威脅。這威脅來自工業採掘，也來自現代移民在這片土地上的開發和榨取。這些移

在 亞馬遜河東部實施的「大卡拉加計劃」（Gran Carajas），是一個鐵礦聯合開發計劃，目的在使巴西成爲當代世界強國。這個計劃所使用的土地面積，等於英、法兩國領土總和。一系列的大型水壩，爲這個計劃及一個大規模的農業計劃提供能源。

民中，有合法的油料植物種植者，也有不法的古柯鹼種植者。此外，威脅還來自濫伐森林：遭受破壞的林地，在雨後都出現了土壤紅土化和沙漠化的現象。

　　在這「地球之肺」亞馬遜雨林上的野蠻開發，危害了全人類。亞馬遜河流域的森林濫墾，並不全是合理經營的大企業造成的，本地農民長久以來的開發方式，也要為雨林危機負責。

　　大莊園主或受飢餓驅使的窮苦農夫，不論在森林裡或是在新近發現黃金和鑽石的山上，這兒的人們不再顧忌殺死印第安人，不擔心砍倒樹木。

這 地區的印第安人有130,000人。對於他們來說，發展意味著由白人帶來的流行病和污染，意味著森林被濫伐，社會崩潰。

　　如果開發是零星的，在森林中小範圍進行的，像印第安人那樣，只是墾地卻未除掉樹根，那就不危險；但若是用推土機鏟平大片土地，火燒地上的大規模耕作，就成了導致沙漠化的最直接因素。

　　那些擁有上百萬公頃或幾十萬公頃土地的大莊園主，任牲畜群踐踏大片土地。這些不恰當的開發方式仍然持續著，但政府主管機構無能為力。這一方面是因為原始林地廣袤無垠，另一方面則是由於居民的封建性格，結果就演變成為悲劇。

亞馬遜河流域的巨骨舌魚（pirarucu）成了環境污染的犧牲品

不當的開發，也危及亞馬遜河水域的流量。亞馬遜河不僅是這地區不可缺少的運輸網絡，並且提供魚獲，使得動物性蛋白質的來源增加，不限於林區狩獵所得。

大規模發展的工業，不是水污染的唯一原因。淘金者使用汞來處理金砂，有毒的廢水污染了河流。

大水壩不斷增加，污染迅速蔓延，使得亞馬遜河流域的主要特產巨骨舌魚絕跡了。

巨骨舌魚看上去可怕，但不傷人。這一種大型淡水魚，往往重達200公斤，一直是原住民的重要收益來源。在20世紀初，這兒的人仍在買賣巨骨舌魚。風乾了或鹽漬了的巨骨舌魚，被人稱作是淡水鱈魚。

在較高處的山澗溪流中，淘金者所用的汞，毒害了幾百公里長的河道中的魚類。有些地區獵物稀少，土地貧瘠，一塊樹薯的重量只有別處栽種的四分之一。因此，食物不足和其他災禍，導致村落人口劇減。

許多未經縝密計劃就設置的水壩，根本沒有什麼能源價值，卻把有幾千名印第安人居住的保護區，變成蓄洪處。

投機者的無情剝削

如果一個森林地區十分偏僻，明顯沒有開發價值時，印第安人，特別是還未開化的印第安人，就成為這種投機把戲的犧牲品。印第安人自己參與了開發工作，但他們受到無情的剝削，生活每況愈下；眼看著一個美洲民族即將趨於滅絕。

於是，有人這麼認為：印第安人曾經與周圍環境保持和諧的生態平衡，儘管他們有時還食人肉，但他們是真正的文明人，而剝削他們的人才是野蠻人。

有人說這是烏托邦式的想法；也許是吧。不過我

巴西政府興建水壩的政策，使得欣古河地區的印第安人飽受其害。阿爾塔米拉計畫（Altamira），淹沒了7,200公里的土地。

欣古河上游，由於有公路貫穿，於是著名的阿拉圭亞（Araguaia）國家公園被分成幾塊。在這條河上建了許多水壩，將卡亞波人（Kayapo）和許多其他印第安部族逼入絕境。

們來看看實際情形：巴西許多高級官員就直言不諱，無論是否人道，印第安人決不會成為開發的障礙。巴西現有人口一億五千三百八十萬，人口學研究所預估，巴西的人口很快將增至兩億，三億，最後會高達五億。森林中的20萬印第安人，相形之下簡直無足輕重。

印第安人為自己爭取生存空間

威脅已經浮現。到20世紀末即將出現新問題：有些印第安民族明白，他們應該想出一個不必動用武力的防禦策略。弓箭有時確實有嚇阻作用，但他們想用白人的語言和法律，與他們同在一張桌前面對面，展開對話。大多數居住在安地斯山脈溫帶氣候區的印第安人，已經習慣與白人為鄰。在巴西亞馬遜河流域南部，有幾個重要部族也是如此。

　　他們組織了各種協會，團結在一起，以憲法賦與他們的權利為武器，以保衛自己的自然資源和精神遺產為目標。接受一切來自其他陣營，但是可以作為同盟或保護者所提供的援助。這是我們在邁向21世紀時必然面臨的重大變革。

從一個世界到另一個世界：如何對話？

20世紀初，亞馬遜河沿岸的任何一個共和國，都沒有賦與印第安人憲法所賦與的權利。1910年，橡膠醜聞爆發，終於迫使巴西政府成立「印第安保護局」。這是第一個保護印第安人不受飢餓或貧困之苦，不受白人剝削，以及防止傳播疾病的官方組織。

　　巴西人朗頓（Candido Manáno da Silva Rondon）上校，是最早提出主張，要成立一個印第安保護機構的人；成立後，他也是領導人。他的名聲家喻戶曉。1956年，在他90歲高齡時，還被擢升為巴西元帥，幾年後他就去世了。他留給印第安保護局一句口號：「必要時可以死；但永遠不要殺

19 13年至1914年，卸任的美國總統羅斯福（Theodore Roosevelt），由朗頓陪同，作了一次亞馬遜河流域的科學探險。他說朗頓是一位「英勇的軍官，品格高尚的紳士，一位不屈不撓的探險家」。

人。」即使這話充滿人道精神，但也隨著他的逝世而煙消雲散了。

　　隸屬於農業部的印第安保護局，陷入了一連串的醜聞，雖然它是無辜的，卻在受挫後始終無法重新振作起來。1972年，印地安國家基金會取代了事務局，歸內政部管理。這是一個進步。

　　大多數亞馬遜河流域的國家群起仿傚巴西。各國根據不同的立法方式，紛紛成立了屬於內政部的機構來負責印第安人事務。有些國家承認：印第安人有充分資格享有與其他國民一樣的權利和義務。而其他國家，包括境內集中了亞馬遜地區一半印第安人的巴西，視印第安人為少數民族，他們沒有選舉權，他們的各種權利由他們的監護機構處理。

「特此承認印第安人的語言、社會組織、風俗習慣、信仰和傳統；並承認他們承襲已占有土地之天賦權利。非經國會之認可，並與有關部族磋商，不得在原住民土地上進行水力資源利用，礦產資源勘探暨開發。

如果巴西執行了自己的法律，可就是大進步了

1988年6月的巴西憲法，依然沒有賦與印第安人選舉權的條款，這在宣稱為印第安人爭取人權的捍衛群體中，引起強烈反彈。

有人公開指責，說這是專制政治下的疏漏；另一些人則認為，政府不能只承認那些已經習慣於白人文化的印第安人——只因為他們也說葡萄牙語——而不顧那些選擇留在森林裡的印第安人。他們主張，所有的印第安人都應享有平等的權利，也主張抵制那些狂妄的冒險家，他們總是理所當然地掠奪印第安人土地。

巴西的新憲法，承認印第安人擁有既有土地的土地權，以及該土地之地下資源的開採權。不過，國會仍然有權，贊同或否定企業去開發相關資源。

所以，亞馬遜河大部分地區的印第安自救團體都知道，他們族人在土地、語言和文化方面的基本權利，已經被大家承認，至少有文字為證。身為自己部族的代表，他們責無旁貸，要為縮短法律與具體執行之間的差距而奮鬥，不要讓這些高尚的原則，在熱帶雨林的天空中煙消雲散。

森林裡的印第安人注定會滅絕嗎？

由印第安社會各個階層組成的互助機構，以及自衛性的協力會——出現，他們來自亞馬遜河流域地區的各個村莊、部落、民族和國家。

這些印第安人證明了自己能夠和白人同桌談判，極力爭取自己在文化、語言和土地方面的權利。儘管現存事實有些苦澀，卻仍證明了現代社會本是一體，並非總是破壞個人意志，強迫不同團體接受另一種文化。印第安文化緊密地將個人與團體結合在一起，

「印第安人承襲已占有的土地，有免於遭受剝奪及廢止的權利，並永久有效。」
巴西新憲法第 266 條
1988 年 6 月

這是他們賴以生存的條件。只要他們持續要求這些權
利，他們的獨立性就沒問題。

因此，「印第安人是否正趨絕滅?」這個問題，可
以肯定回答:「不會」; 這是指有代表參與會議的印第
安民族而言。其中有些生活在森林裡的部族與外界幾
乎沒有接觸——在亞馬遜河流域內的80至90萬印第安
人中，有一大半處於這種狀況。

最後的雅諾馬米人

雅諾馬米人是最明顯的例子。他們的人口約有16,000
左右，是至今未開化部族中最大的一支。當代考古學
最好趕快運用，因爲這種狀況恐怕不會持久。

工人在修築橫貫亞
馬遜地區的公路
時，根本不在乎他們即
將破壞當地的平衡。這
地方表面上看來一致，
其實這兒已畫分成狩獵
區、植物採集區和部落
遷移區。

五個世紀的幻想與噩夢之後，亞馬遜傳奇的結局，
竟會是鍍金人被謀殺了嗎?

外人發現他們生活在一座黃金和鑽石的寶山上，
於是那些「異鄉客」，一手持鎬一手拿槍，就這樣闖進
來了。在今日的巴西領土上，「異鄉客」人數可能是雅

諾馬米人的一倍。雅諾馬米人的厄運開始了；主要的原因是他們孤立無援。與他們通婚的部族只有耶夸納人，但是這族住得很遠。整個民族誌學界為雅諾馬米人的命運感到不安。

新成立的巴西政府和以前的政府一樣，並不急。關於雅諾馬米人的自然保護區計劃，陷入了詭辯的泥沼；然而，每天卻有 200 到 300 名的「異鄉客」，在森林中心地帶，由軍人修建的機場上著陸。該地區「異鄉客」可以進入，卻禁止傳教士、民族學家和其他考察人員進入。從這情況能得出什麼結論呢?

民族誌學家和研究亞馬遜河流域的人員，很可能會失去發言的機會——他們是真正關心這土地的人。

巴西人類學家里貝羅（Darcy Ribeiro），1979年在巴黎大學接受名譽博士學位時曾說：「作為人類學家，我沒能達成自己的目標——拯救巴西的印第安人。是的，僅僅是為了拯救他們，我努力了30年。我失敗了。我曾希望把他們從暴行中救出來。這暴行已導致

許多印第安部族滅絕。在20世紀，230 個部族的印第安人當中，已有八十多個部族消失……把他們從辛酸和低落中拯救出來吧。這辛酸和低落，是由傳教士、官兵、科學家，以及地主造成的。其中尤其是地主最為兇殘，他們千方百計剝奪印第安人最基本的權利，生存和延續文化的權利。」

西新憲法雖然允諾要保障印第安人的利益，今日卻又有一個官方計劃，即將使六萬印第安人的生命，以及他們賴以維生的土地陷入絕境。在捍衛國家主權的幌子下，名為「北部戰壕」的計劃，其實是要建立一個直屬國家軍事和安全部門的禁區。這軍事區沿巴西國境線，長 6,500 公里，縱深 150 公里，占全國領土14%的面積。在這片97萬平方公里的土地上，不准原住民劃分自己的疆界，而把土地特許給工農業的開發者。原住民只能作為這類「殖民地」的工人。印第安人失去了法令的保護，其中有許多人是長期以來居住在跨國邊界上的，他們突然就被剝奪了一部分的生活環境。

希瓦羅人　　卡克塔

普圖馬約河

馬拉尼翁河　　伊基托人

基多

烏卡亞利河

亞馬遜河

哥倫比亞
安地斯山

太平洋

祕魯

拉·孔達米納　　洪堡　　蓬普朗

見證與文獻

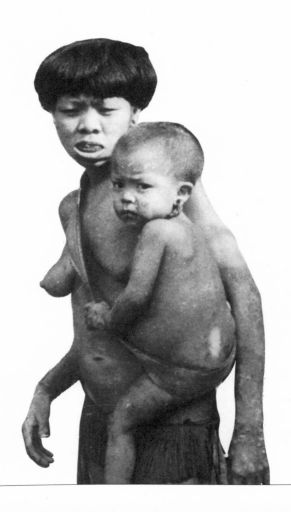

奧雷利亞納河

1543年6月7日，奧雷利亞納應訊上法庭，爲自己對皮薩羅的行爲辯護。塞維爾當局不認爲奧雷利亞納有「叛國」之嫌，反而任命他爲亞馬遜河地區的總督。但是，他的夢想沒能實現。

F. Bellin.

發現新安達盧西亞和殖民協議

王子〔詔曰〕：

弗朗西斯科・德・奧雷利亞納船長，既然您願意爲國王效勞，爲他擴展王國，願意回到那塊土地去探勘和殖民，好讓居住在上述河流與土地上的人民瞭解我們的信仰，〔……〕既然您懇請我給予您統治權，去統領前已提及的河流中，某條即將要發現的大河；職是之故，我要與您商定如下的合約和協議：

首先，您必須從卡斯提爾王國帶領 300 位西班牙人，分別是 100 名騎兵和 200 名步兵，去探勘我們命名爲新安達盧西亞的土地，並在該地居住。這人數似乎已足夠你們在那裡殖民和自衛。〔……〕

此外，依照我們的印度委員會（Conseil des Indes）的決定，您應當帶領委員會派遣給您的八名傳教士同行。他們負責當地土著民族的教育與宗教改宗事宜，您要保障這八名傳教士的交通和衣食。〔……〕

此外，您必須從以前出發的河口開始，逐步探勘和殖民。一旦進入該河口並拋錨休整後，您要先後帶領兩艘快艇或其他船隻，向上游前進。在

奧雷利亞納那個時代，探險者出海所乘的船，大多是像圖裡這種雙桅帆船。這種船多半由囚犯當槳手。

這些船上，您應當配有一些性情溫和的人及傳教士，他們會懂得如何採取恰當的方法，以說服該地區的土著接受和平。

另外你還要帶一些專門人才，他們要懂得探尋和確定河道與入海口的地界，探察所有支流的入口，要會觀察道路和航行情況，指出航道。當第一艘船回來向您報告他們的發現後，您再派一艘船更朝前去，繼續探察河道和土地。如果您切實遵守這些規定，你們就永遠不會與印第安人發生衝突。

此外，如果在你們到達之前，已有某個總督或船長先發現了該地區，並已在部分土地或河流上殖民，您必須及時向我們報告，以便我們告訴您如何行動，以避免對他們造成傷害。您要避免進入他們已經發現和殖民的地區；即使這些土地在你們的司法權範圍以內，也不要進入。這是爲了避

這張16世紀的地圖，出自歐洲人之手。圖中描繪了印第安人與白人作戰的情形，也介紹了美洲的風土，諸如山川、河流、動物、植物——當然，相關的地理位置並不準確，對於文物的描寫也失之粗略。

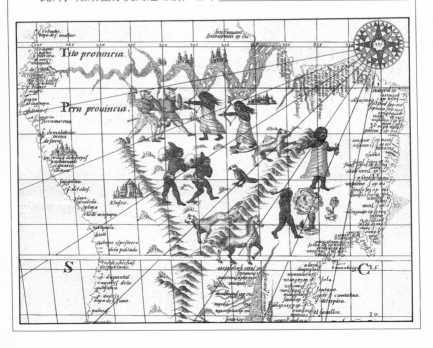

免以前在秘魯和其他地方發生過的事端；〔……〕

為了侍奉天主，為了賜您個人榮耀，我們任命您為由您發現的河流沿岸土地的總督兼總指揮；同時賜給您該河直線距離 200 里。您可在與軍隊一起深入該地區內部三年之後，再行

選擇。這塊您發現的土地，以及年俸 5,000 杜卡托給您頤養天年。〔……〕

此外，從您依協議所繳的殖民土地收入中，國王陛下將取其中的十二分之一賜給您。這是我給您和您繼承人的終生厚待；〔……〕

你們應該找一些不會侵犯印第安人的地方，來建設你們未來的村莊。如果實在找不到這樣的地方，那就與當地印第安人協商；或者依照協議內容，和同行的傳教士及督察商量，斟酌採取適當的措施。

此外，無論是您或是您的隨從，都不能強占任何已婚或未婚的印第安女子為妻，亦不得在買賣或交換行為之外，掠奪印第安人的金、銀、棉花、羽毛、寶石，以及一切屬於他們的東西。所有買賣和交換，均應在督察和傳教士的同意後方得進行。所有違規者一切財產沒收，處以死刑。

不過，若您和隨從斷糧了，就可以向印第安人購買或以物交換。如果因缺錢而無法購買，您可以用好言好語去商借一些食品。總之，永遠不能用武力去搶奪。除非一切措施都已試過，由督察和傳教士提出的方法也無效，而且已處於絕境時，才可以就地取得食物。

再者，不要用任何方式或藉口與印第安人作戰；不要藉故挑起戰爭。為了自衛或為避免擴大事態時，戰爭才算合理。我們命令您，務必讓他們

明白，你們不是去打仗的，而僅僅是為了向他們傳播我們神聖的信仰。他們理當聽從我們，以便能在我們的帶領之下，認識上帝。

如果印第安人表現得過分驕傲，不回應你們所採的和平姿態，不聽從告誡，竟敢挑起戰爭；同時，你們已確定沒有別的方法自衛或避開衝突，那麼就稍微地，克制地打一仗，要儘量避免死傷和財產損失。

您和部下應該收拾起一切得到的衣服和首飾，悉數還給印第安人，以此證明，你們真的不希望他們受到損害；也讓他們明白，這一切損失，都是由於他們不願意相信你們所造成的。同時向他們解釋，你們還他們東西，因為你們不是要殺害或虐待他們，也不是要搶掠他們財產；而是要表示友好，並替上帝和國王行道。

任何西班牙人，不論殺死或殺傷印第安人，都要按我們王國的刑律嚴加治罪。決不計較犯罪者是西班牙人，而死傷者是印第安人。

正如你們在前述法律中所見，國王陛下出於仁慈，希望所有印第安人都能蒙我們保護，讓他們得到神聖的天主教信仰的赦免與教育。

以是，您務必保證：您麾下任何一個西班牙人，都不得支配印第安人，不得虐待他們，不得阻止他們成

為基督教徒，不得以前文所述的任何不當手段，而取得任何屬於印第安人的東西。

頒給奧雷利亞納第二次探險的詔書
1543年

「高貴的野蠻人」?

歐洲人對印第安文化的看法，
隨時代而不同，因個人而異。
從拉·孔達米納，到利佐，
道路十分漫長。

啓蒙時代與拉·孔達米納

如果要對全體美洲人下一個明確的定義，就必須對他們詳加描寫。正如歐洲的所有民族，在語言、風俗習慣上各不相同，但對亞洲人來說，彷彿無甚差別；我在旅途中見到的各地區的美洲印第安人，也給我一種相似的印象（一個走馬看花的旅行者，很難抓住細微的區別）。我在他們之中見到一種相同的性格本質。

這些人多半麻木不仁。姑且不論是否應該把這種麻木不仁稱作冷淡，或鄙視它爲愚蠢。這種麻木不仁的原因，可能是他們的念頭很少，即使有也只繞著基本需求打轉。當他們有東西可吃，就吃個痛快直到撐破肚皮；當食品匱乏時，就盡量節食，一切都能忍受，不表示希望得到什麼。尚未酒醉時，顯得極爲膽怯和懦弱。厭惡勞動。對一切光榮、榮譽和感激都無動於衷，只關心眼前存在的東西，並爲現實所左右。不爲未來擔憂，不會未雨綢繆，不思反省。當沒有什麼使他們感到爲難時，便處於一種稚氣的歡樂之中，沒有理由，不帶目的，四處跳躍並縱聲大笑。他們沒有思想地度過一生，不恐懼變老這回事，但老了也沒有擺脫童心，那仍保留了一切弱點的童心。

如果說這些批評，僅適合用來描述秘魯某些省內的印第安人，而那些人的境況近於奴隸，那麼我可以相

信，這種性格是由他們生活環境中的奴隸屬性所造成的。現代希臘人的例子足以證明，奴隸制度會使人失去尊嚴。有傳教士在境內的印第安人，和完全享有自由的未開化的印第安人，儘管不能說也一樣愚蠢，但看到他們仍被遺忘在原始的自然中，缺乏教育和社會生活，過著和野獸相似的日子，實在不得不感到羞恥。

拉‧孔達米納
《亞馬遜河遊記》
1747年

生爲印第安人的幸福

人種學家利佐，與雅諾馬米人一起生活了19年。

他的步履和他們一樣，都是獵人一般果斷而穩健的腳步。他講著他們的語言。他和他們一起笑，也知道怎樣逗他們笑。同他們一樣，他的嘴唇下有一個腫塊，也炫耀小而圓鼓的肚子。他幾乎赤身裸體生活，除了纏一塊腰布；他到底是白人——在委內瑞拉境內，奧里諾科河源頭的偏僻地區，與尚武的印第安雅諾馬米族人生活在一起的白人。

看他臉頰瘦削，雙眼明亮，蓄了一把鬍子，很容易會把他當成是一個探險者，在綠色亞馬遜河裡迷路了。不。這不是一個大森林的人質。這是一個志願流亡者，過了19年的另一種生活，一種在哥倫布發現美洲以前，印第安人所過的生活。

利佐的冒險生涯開始於1968年，那年他30歲，正在研究伊斯蘭文化。法蘭西學院的人類學實驗室，正要找一位人種學家，隨一支醫療隊到雅諾馬米人那裡工作一年。利佐志願前往。從回教文化轉到美洲印第安文化，對於這位不甘墨守陳規的勇者來說，眞是場挑戰。「我本來是只去一年的。但任務結束後，我覺得還需要一年，才能大致上瞭解這種與我們文化根本不同，然而一樣豐富的文化。您已知道後來發生的事。不管怎樣，我用了五年時間，才被雅諾馬米人接納進他們社會。」

他在覆蓋了棕櫚葉的雨簷下接待我們。雨簷下是三間以乾土作牆的房屋，分別是一間廚房、一間臥室和一間工作室。一個叫卡洛希特里（Karohithéri）的雅諾馬米部落，大約只有四十來個人，現在已把利佐看成一個珍奇小鳥。原因很簡單，對於他們來說，所有白人都是「利佐特里」（利佐的兄弟）。

他怎樣能夠融合進一個與我們社會如此遠隔，並且恐怕被世界遺忘了的原始社會呢？這個問題把利佐逗樂了：「實際上，問題不在於被雅諾馬米人接納；而是自己能否入境隨俗。在最低層次上，印第安人永遠都會接

納的的。『雅諾馬米』這個詞，可以翻譯成『人類』。這就是說，對於他們來說，外人，白人，屬於混雜的低下人種。我們仍是人類，不過是次等的，是他們可以掠奪、搶劫和嘲弄的。因此，難的是要向他們證明，我們和他們是一樣的。」

經受了熱帶叢林生活、狩獵、捕魚和長途跋涉等磨練，這原本柔弱的人種學家，從內心到皮膚都已變成了褐色。他宛如沒有「禮拜五」的魯濱遜，守在「沙博諾」(shabono，住著整個部落的圓形大檐房) 裡。久了，他最有價值的東西，是一個爐子 (字義上的)，以及一個接納他的大家庭。他是在「火之團」裡被接納的。《火之團》也是他寫雅諾馬米社會的一本書的書名。〔……〕

《火之團》在1976年出版，是人類學研究的一個里程碑。此書最獨特的地方，是作者與他描述的對象一同生活。這書領讀者進入雅諾馬米人的日常生活，洋溢溫暖和感情。

「他們是……專橫的朋友，不斷來騷擾你，侵犯你」

本書記錄了日常生活，也記錄了奇風異俗：喪葬儀式 (品嘗以糖和磨碎的死人骨煮的香蕉)；愛情的放縱享樂 (唯一原則：凡能增進享樂的事物都是好的)，但是也有嫉妒的痛苦，這是異教徒為性自由付出的代價；被寵得如同小皇帝的孩子，那怕無法無天了，也很少受到大人的懲罰。巫師的傳授儀式；迷幻藥的製造 (主要原料是樹皮)，服用這藥後，可以和「月亮、河流旋渦和禿鷹等等的精靈溝通」。採集刺激性慾或有藥效的植物。在一個武士社會中婦女的艱難處境。獵野豬，舞蹈，在身上繪畫，裝飾。

利佐中肯地描述了雅諾馬米人的社會生活、不受抑制的道德觀、複雜的宗教世界，毫不掩飾他們文化中的殘忍。他寫道：「在部族當中，衝突是常有的。為了一點小事，眾人就會互相毆打。但是怎麼說呢，他們以此為樂！這個『反消費社會』，竭力追求生存的快樂。」

這裡不看重財產和權力 (沒有酋長)，也不知道我們所謂的工作是什麼 (每天最多工作二、三個小時)。他們的生存條件非常不穩定，但他們仍然創造了一個逍遙自在的社會。「例如，他們打大規模的硬泥球仗，用拔掉箭頭的箭射著玩。」

因此，能說在奧里諾科河畔有一個人間天堂嗎？利佐不相信「高貴野蠻人」的神話：「與雅諾馬米人的交往既熱絡又令人生氣。我沒別的意思，他們是……專橫的朋友，不斷來騷擾你，侵犯你，佔領你的房屋，向你下命令。如果你發火了，他們就和你賭氣，嘮叨不休。他們互相撒謊，欺騙，偷盜。十分愚昧無知。」

　　他們天性尚武，常常與鄰近的部落發生衝突。戰事是他們生活的一部分。「爭鬥不是爲了搶奪狩獵的場所，而是爲了報復，爲死者復仇，一洗流血之恥。我從來不介入他們的內訌，即使牽涉到接納我的部落，我也不插手。在部族內，我勸他們應當謙和禮讓。我說他們的語言，和他們一起打獵。我獲得了他們的尊重，贏得智者的地位，這主要是靠我的年齡。雅諾馬米人總來請教我對於他們文化的看法；因爲我傾聽他們，學習他們，而這正是我的專業工作。」

　　利佐的「工作室」宛如修士的小房，屋裡有一張用門板擱在四根木樁上做的桌子，和一條無靠背的長凳，沿一面牆有一排書櫥，放著上千冊書籍。利佐有一台麥金塔電腦，好把筆記分類。他還有一架天文望遠鏡。利佐酷愛觀察星象，並和雅諾馬米人分享他的快樂。〔……〕

「他們不會用自己的身分，去交換一個錶或一架收音機」

這原始生活的最後領地，壽命還有多長，利佐從來不抱幻想。不久前，有人企圖侵佔印第安人領土內的地下礦產。在阿亞喬港（Puerto Ayacho），印第安人已形同無業遊民。往南邊，巴西的雅諾馬米人受到移民的侵犯。「把原始社會向我們社會歸併，是文化強姦。即使鬥爭失敗，我也希望能爲雅諾馬米人爭取時間，以使他們有機會學習自衛。正因我瞭解他們，所以我知道，他們不會用自己的身分，去交換一個錶或一架收音機。」

赤身裸體的人類學家利佐，從吊牀上下來，走到菜園裡去照料他的香蕉、木薯、番木瓜和菠蘿。「有人想吃蛋嗎？我養了母雞……」有時，利佐會離開住地，偷偷給自己燒一塊三分熟的貘肉排！「雅諾馬米人只吃烤焦的肉。」

卡爾讓（Alain Kerjean）
吉比阿（Jean‧Paul Gibiat）
《我感興趣的事》
1986年1月號

第一次遇見瓜哈里沃人

蓋爾布朗（Alain Gheerbrant）和蓋索（Pierre Gaisseau）兩人，在帕里馬山中，與嚮導一起迷了路。他們的嚮導叫埃米里亞諾，是馬基里塔里（Maquiritare）部族的人。一個瓜哈里沃部族的雅諾馬米人，撞見這兩位身穿睡衣的探險家，大為驚訝，向整個部族發出警報。

儘管我們絲毫沒有做出敵意的動作，但在河對岸，似乎有一支要射穿皮埃爾胸膛的箭，已準備離弦了。大家都覺得十分漫長的一分鐘過去了。我們裝著微笑，接待了對方的代表，其實心裡很緊張。

這個男人放下手中的船。他的槳和馬基里塔里人使用的心形船槳不同，這只是一端扁平的木棍。他瞪大眼睛看著我們。這時刻對我們和對他都十分重要。他頓著腳，赤手揮動著，一面說一面格格發笑。他非常激動，好像忘了他為什麼到這裡來。最後，他恢復了平靜，向我們說了一大段話；當然我們一個詞兒也不懂。皮埃爾的睡衣口袋裡有一包香煙，他小心地慢慢把手伸向口袋，一直留意不讓面前盯著他看的人感到驚慌。皮埃爾點了一根煙，把它遞給代表。

這個男人叫起來：「哎！哎！」他笨拙地吸了一口，吃下一小段，其餘的掉進水裡。

我問埃米里亞諾：「他說了些什麼？」

「他想要整盒煙。可是他根本不會抽煙！豬玀！」

埃米里亞諾從來沒有這樣憤慨過。但是皮埃爾把煙盒交給了瓜哈里沃人。

「哎！哎！」

我把火柴盒給了他。

「哎！哎！」

他還想說什麼？他把香煙和火柴都扔進了進水的船艙。我們有點尷尬地看了他，沒有說話。他越來越起勁地跺著腳。這種時候，文明人真希望有瓜哈里沃人那樣健壯的體格。他變得非常激動。他拉了一下樹枝，更靠近我們一些，空手朝皮埃爾的小腿伸去。他要我們的睡衣！我們早該想到這個意思。皮埃爾脫下衣服遞給他。他臉上的怒氣立刻消失，又開始笑起來，叫道：「哎！哎！」

我也跟著把自己的衣服交給他，然後我們又脫下褲子。站在河對岸的那個武士，放下了弓箭。和我們交談的人，把兩條睡褲纏在頭上，瘋了似地笑。我們全都光著身子，他非常興奮。我們攤開雙手，表示再也沒有什麼東西可以給他了！他露出十分明白的表情。

這時，是轉變形勢的時候了。刻不容緩，我們朝獨木舟探過身子，吼著：「哎！哎！」

這男人低下身子，拿起他的弓，恭順地送給我們。我們又重複一次：「哎！哎！」

他再遞給我們三支箭：一支用來打仗，是毛竹箭頭，另一支用於捕獵大野獸，也可用來作戰；第三支是打小動物的骨製箭頭。

「哎！哎！」他傷心地抬起手臂。除了我們的睡衣，他也沒有留下任何東西了……

這時我們想起：肚子餓了。卡蒂爾及其他伙伴帶走了我們全部的食物，我們沒有東西可吃。我們用拳頭敲打著胃部，一面叫喊：「麵，麵！」

他做出明白的表情。

我們吩咐埃米里亞諾：「對他們喊『香蕉』！」

這個瓜哈里沃人立刻做了一個很大的手勢，對森林劃了大圓圈，又回到我們身上。然後他指指太陽，說明那兒是東方。最後他放下手上的樹枝，朝一名伙伴站著的岩石跑去。這樹枝是他從我們相遇開始，就一直握在手上的。

獨木舟的影子很快就消失在河灣處。我們重新躺回吊牀。

我問埃米里亞諾：「他說什麼？很快給我們帶吃的東西來嗎？」

他回答道：「你想得倒美。他說他明天同整個部落的人一起來。請不要以為是給我們送香蕉，他們會把營地裡剩下的東西全拿走。我們會被搶得除了光身子什麼都沒有。他們不殺我們就算我們走運了！」

埃米里亞諾抓起我們前些天送給他的兩件東西，大砍刀和棉被，跑進森林將它們藏好。

蓋爾布朗
《奧里諾科河－亞馬遜河探險記》
1952年

卡亞波族印第安人的知識天地

亞馬遜河的印第安人，勝過醫生、農學家和植物學家——一支國際跨學科的研究小組，在卡亞波族印第安人當中學習了五年之後，得出這結論。

我們現在才算稍微瞭解，巴西亞馬遜河森林裡的印第安人，懂得精選種子，馴化昆蟲，懂得掌握複雜的治病方法。五年來，在與圭亞馬接壤的帕拉州，波賽博士（Dr. Darrell Posey）做了許多研究。卡亞波族印第安人（他們自稱為「梅朋格洛克」〔Mébêngrôke〕），領著他一同工作，發掘出許多以前的研究者不瞭解的知識。這項研究由《國家地理雜誌》、國家科學基金會和世界野生動物基金會（WWF）支持，要應用卡亞波人的知識來發展該地區。〔……〕

這麼開始吧：亞馬遜河地區的畜牧業耗盡了地力，「梅朋格洛克」的技術，則可增加單位面積產量。事實上，昔日由印第安人擁有的土地很受人歡迎。卡亞波人建立了產量超高的小塊區域，每一次耕作，都施上含有十幾種植物灰燼的複合腐殖土。

卡亞波人嚴密監督他們所耕種的植物的遺傳類型，根據遺傳學特徵來精選品種（滋味、抗病能力等等）。〔……〕此外，印第安人還懂得利用「根圍」（rhizosphère）關係來耕種；有關這個根的世界的知識，目前還鮮為人知。有些植物在根圍分泌出毒素，以阻止周圍作物生長；有些種性接近的物種，如果靠在一起會長得更好。卡亞波人知道如何組合多種植物，讓它們成為「一起成長的朋友」（ombigwa otoro）。我們習慣於單一作物的農藝學家，在這方面幾乎一無所知。

印第安人管理起森林也是十分出色的。人們以前都認為，「巴西胡桃木」林是亞馬遜河流域自發的現象。錯了，這是卡亞波人祖先栽種的，而且他們的後代還在繼續栽種。

為了收集在高處的蜂窩的蜂蜜而砍伐大樹，一直受到指責。事實上，這樣做是為了引進上百種藥草，以及可以吸引獵物前來的植物，從而製造狩獵機會。

在村莊四周空地上，我們調查了120種植物，其中98%有一種以上的用途。卡亞波人能夠分辨250種不同類型的痢疾，每一類型各有一種治療方法。這事使得科研小組的藥學家們目瞪口呆。

在「梅朋格洛克」的生活中，蜂蜜是重要的東西；他們有自己獨特的蜜蜂分類法。經過詳細研究以後，昆蟲學家們「發現」了九種沒有螫針的蜜蜂；印第安人有生物控制方法。卡亞波人的園子用香蕉樹當籬笆，香蕉樹引來許多胡蜂，這胡蜂是食葉蟻類的天敵。通常，他們都是引進捕食性

的動物來防制害蟲繁殖。

卡亞波人捕魚時，首先要探清楚「姆利-卡克」(Mry-kaak) 魚的活動範圍。這是一種巨鰻，身長可達二十公尺，潛伏在魚類產卵場的深水裡，它所發出的電擊可達 500 公尺。這種巨鰻當作食物的小魚所生長的河流，卡亞波人不來捕魚。

為什麼這一切知識竟沒有引起注意？波賽博士認為：「研究者一般不依照信息提供者的邏輯來做研究；而在印第安人的各個領域裡，提供信息的人掛一漏萬……到後來，所有的調查工作往往只研究土著民族的某一種特性，公布一些無頭無尾的印第安語的詞彙表……鮮少有生物學家為了實地工作，而去學印第安語言。」

計劃仍然要繼續。1986年，研究組描述了 600 種動物，185 種植物及其用途；分析了近二十年來，與傳統的印第安輪耕制相應的 200 份土壤樣品。此外，他們還研究雨季和夜間寄生蟲，也研究以前認為是自然形成，事實上是印第安人有意營造的各種森林生態。

努格雷 (Marie-Paule Nougaret)
《解放報》，1987年12月21日

恐懼

上流社會的仕女也好，研究室裡的植物學家也好，甚至經常四處奔波的年輕探險者也一樣——亞馬遜森林是綠色地獄，有令人恐懼的回憶。

一位在森林中迷路的仕女

1767年，高丹・德・奧道南夫人（Mme Godin des Odonnais）從秘魯啓程，打算去圭亞那和丈夫相聚。她和其他六人一起乘船走亞馬遜河，結果出了事。高丹夫人是這趟冒險唯一生還的人。

隔天早晨，兩個印第安人不見了。這隊人沒了嚮導，仍然登上船出發。

第一天平安無事。

次日，將近中午，他們遇到一艘停靠在鄰近小港船棚裡的小船（樹蔭處是土人的居住地）。他們找到一位大病初癒的印第安人，他同意跟旅客一起走，爲他們掌舵。第三天，爲了撈 R 先生掉入水裡的帽子，印第安人自己也沉入了水底。

小船失去了舵手，只得由根本不懂如何掌舵的人來操縱。一會兒，船進了水，他們只得棄船登岸，在岸上做了一間小棚屋。

他們離安道阿斯（Andoas）不過五、六天路程。R 先生提議到安道阿斯去，一個法國人和高丹夫人的黑人忠僕一起走了。高丹夫人之所以派自己的黑人去，是爲了支援他倆，因爲 R 先生很想帶走自己的日常用品。我後來責備夫人，沒有派她的一個兄弟和 R 先生一起去安道阿斯。夫人回答，前次出了事以後，誰都不願意再坐小船了。〔……〕

臨別時，R先生承諾，他會在15天內弄到一艘船和印第安人嚮導。高丹夫人他們等了25天，等得絕望了，於是動手做木筏，在筏上放了些食物和生活用品。這只木筏操作得也不好，撞上了一根淹在水下的樹杈而翻轉。物品喪失殆盡，人員全部落水。幸好由於此處河道狹窄，所以無人遇難。高丹夫人載浮載沈，後來由她兄弟救起。這次事故比上一次更慘重，大家決定一起沿河岸步行前進。

多麼冒險的舉動！先生，您知道這河岸上到處長滿了荊棘、長籐和小灌木叢。他們得手執砍刀才能脫身，這就花了許多時間。好不容易他們回到小木棚，拿了以前存的糧食，徒步向前。他們發現河道蜿蜒曲折，路程變得更漫長。

為了縮短路程，他們想在森林裡抄一條捷徑。沒有幾天他們就迷路了。他們在險惡難行的森林裡跋涉，個個累到極點。腳上滿是碰到荊棘和樹刺的傷口。糧食吃完，口渴難忍，除了幾顆野果外沒有任何吃的。終於，由於極度饑餓、乾渴和疲乏，他們再也支持不住，絕望地倒在林裡等死。三、四天後，果然，一個一個接連死去。

高丹夫人躺在她兄弟和其他人的屍體旁邊，一日之中兩度昏闕，失去知覺，但最苦的還是口渴。終於，上帝保佑，給了她勇氣和力量。她掙扎著去尋找正在等待她的一線生機。她丟掉了鞋子，半身裸露，只有被撕成破布塊的兩條頭巾和一件內衣勉強遮體。她剝下兄弟的皮鞋，取出鞋墊縛在自己腳下。〔……〕

在這種慘況下，從小嬌生慣養，受上流社會教育的女士，怎樣能夠保住四天的生命呢？（她非常肯定地對我說，自己孤獨地在森林裡生存了10天）。頭兩天，她躺在死去的兄弟身旁等死〔……〕

在她掙扎著走路的第二天，一定也走沒多遠，她就找到了活命的水；第三天又找到了一些野果，以及幾枚從未見過的綠色鳥蛋。〔……〕食道由於挨餓而變窄了，她好不容易才吞嚥下這些東西。這些偶然得到的食物，稍可支撐她皮包骨的身子。獲救的時刻到了。

如果您讀到一部小說，主角是一位嬌滴滴的弱女子；她跌入河中淹得半死，而後逃脫，在一座沒有路的森林裡走了幾個星期；然後迷了路，經受飢餓、乾渴、疲勞直至衰竭；親眼看到兩個體格比她健壯的兄弟死去，又有三位年輕女傭和一位青年醫生死在她眼前；她活了下來，孤身一人躺在死人堆中兩天兩夜，在猛虎和毒蛇出沒的地方，竟然沒有碰上任何野獸；她重新站了起來，在荊棘叢生的森林裡輾轉流浪，直到第八天重新回到波波納法河（Bobonafa）河邊——您一定會指責小說作者，說他胡編亂造。

高丹‧德‧奧道南先生
致拉‧孔達米納先生的信
1773年

帕里馬山
「帕里馬山是無法穿越的地獄。」在巴黎、加拉卡斯和波哥大，許多人這樣講。而在阿亞庫喬港，官員、移民、尋找橡膠和樹膠原料的人、尋找黃金和鑽石的人，以及伐木的人，也異口同聲：「帕里馬山是地獄，不可能通過的。」

惡劣的天氣本就夠讓人失去勇氣了，而原先同意去的少數幾個人，想到無法計數的蚊子，和奧里諾科河上游的野獸，也卻步了。那些自忖不怕野獸，能對付蚊子的人，對我們說了一聲：「瓜哈里沃人」，然後默默地搖頭。

高漲的熱情會如此迅速地冷卻，的確事出有因。我們走下安地斯山這半年來，聽人向我們講過不少；如果從離開歐洲一年多起開始算，聽得就更多了……

生活在這「綠色地獄」中心的兩個部族，是「馬基里塔里人」和「瓜哈里沃人」。瓜哈里沃人讓大家聞之生懼，馬基里塔里人則相反，他們在阿亞庫喬和我們所知道的奧里諾科河地區，享有聲譽。

馬基里塔里人健壯，熱愛勞動。從他們完成的工程可知道，他們的文化，比我們以前遇到過的任何印第安

物、人像，用古希臘式和阿拉伯式的圖案裝飾。他們會跳舞，頭上戴著羽毛做的花環冠冕。」

他們還說：「馬基里塔里的男子有弓箭、吹管彈丸槍、漂亮的包鉛短棍；婦女自己編小圍裙，有各色玻璃珠子裝飾的遮羞布，和各種由西班人帶到美洲的玻璃飾品。他們建造很大的土牆茅屋，有像樣的門窗。他們是全美洲最好的獵手，裝備齊全。他們做出可口的『卡薩白』（casabe），味道不比小麥麵包差！」

因此，帕里山猶未探勘，馬基里塔里人已經名聞遐邇。這山像地獄，但馬基里塔里人聚居的地方，被描繪成野人的天堂。

在我們出發冒險之前，在阿亞庫喬的幾天裡，我們常常在想，那些與我們一起吃喝的人所說的，有關這些深山部落的傳聞，是否真實。

有關馬基里塔里人的一切聽來可信。關於他們的鄰居瓜哈里沃人的描述，可就令人半信半疑了。

他們說，瓜哈里沃人住在帕里馬山深處，是奧里諾科河源頭地區的主人。來自世界各地的探險家都想和他們接觸，但他們仍然鮮為人知。瓜哈里沃人殺人吃肉；瓜哈里沃人是由於歷史的失誤，而錯置在現代的穴居時代野蠻人。

再老練，傷痕再多的冒險家，只要一提起瓜哈里沃人這個字眼，也會

部族，例如瓜哈里沃人、皮亞波科人（Piapocos）或者皮亞羅亞人（Piaroas）都先進得多。某些馬基里塔里人部落，生活在奧里諾科河的源頭地區，和移民及森林裡的橡膠農時有來往，常常向他們提供服務。他們和皮亞羅亞人都願意受僱。部族的其餘大部分，仍舊終生居住在發源於帕里馬山的河流上。他們全身赤裸，身上畫了圖案，用羽毛做裝飾，在遷徙途中遇見文明人時，從來不表示敵意。〔……〕

大家對我們說：「你們認識的印第安人都是又可憐又落後的人。去見見馬基里塔里人吧，他們完全兩樣。他們懂得編織精緻的吊牀、籃子，用藤柳製作托盤，托盤上畫了天鵝、動

久久沈默不語。〔……〕

　　在談到瓜哈里沃人的同時，也常常會提到圭卡人。有些人說，圭卡人比較溫和，有些人說他們兇殘無比，較諸瓜哈里沃人有過之而無不及。不過眾口一辭，都說圭卡人還過著原始生活。

　　　　　　　　　　蓋爾布朗
　　　　《奧里諾科河-亞馬遜河探險記》
　　　　　　　　　　　　1952年

帕拉地區漫遊

植物學家馮・馬特烏斯，以及動物學家馮・斯皮克思兩人，1817年奔赴巴西。他們是首批深入研究亞馬遜河流域自然史的學者。回國後，馮・馬特烏斯上任慕尼黑植物園的主任。

我背向河流朝陸地內部走。首先，我必須穿越一座濃密的森林。林裡有洪水氾濫過的痕跡。樹幹上沾滿泥漿；樹枝縱橫交錯，組成了遮天蔽日的穹頂；水珠不斷從覆滿籐蔓和苔蘚的樹葉上滴下來。充滿霉味的空氣完全靜止，緊貼著潮濕而寸草不生的地面。

　　巴西人把這種森林稱做「阿拉卡地索」（alagadisso），而蓋雷語（langue geral）則稱這種森林為「卡博」（gabo）。

　　林間有許多可可樹，我找到若干野生植物的標本，以及一些可可類的植物。這樹不高，枝葉也不大繁茂，沉甸甸的果實只生長在樹幹和主枝上。從遠處看去，這些樹使人想起精心修剪的菩提樹林蔭道。

　　鑽出這座樹林，我來到一處地勢較高的林中空地。此地乾爽少樹，芳草如茵。四下寂靜，令人心曠神怡。空地四周是一片神秘、淒涼而悠靜的森林，沒有一絲風吹過。火熱的陽光燦爛地照耀在花草上，引來無數蝴蝶、蜻蜓和蜂鳥。

　　我陶醉在從未見過的美景中，直到幾株疏落的伊娜嘉棕櫚樹（inajá，馬克西米利安女王樹）的長影出現在空地，我才發覺已經是黃昏，該回去了。然而，我還想去看看附近一處窪地。我曾看到從那兒飛起群群白頂的鳥和野鴨。

　　我沿著稍微低窪積水的小坑走，來到一個水塘邊。水清如鏡，四周長了闊葉蘆葦和粗莖的海芋。我看到一幅酷似聖弗朗西斯科河岸的景像，這兩處的景致幾乎完全一樣：鳥類代表一切生命；只是此處規模稍小，喧嘩也較少。

　　然後，我想回到河上去。但在蜿蜒曲折，滿布了茂密的荊棘和濃密原始森林的水網中，我迷路了。

　　我愈急著想尋找出路，周圍的一切變得愈難辨認。此時，前一刻靜觀大自然所得的喜悅，轉瞬間已經換成恐懼——因為我已走進了沼澤，周圍

是無法穿越的帶刺棕櫚小樹叢（*Bactris maraja*）。

討厭的海芋叢越來越雜亂，環繞在我的身旁。我想踩上一片長葉斑葉蕉，但下面竟是一條很深的溪流。我肅立側耳細聽時，彷彿覺得有凱門鱷的叫聲。這傢伙相信有了獵物，想趕來用旅行者果腹。此時我不得不承認，自己恐懼至極。

我已誤入一片沼澤。這種地方恐怖之至，連印第安人也避之唯恐不及；可怕的野獸在此休憩，他們把這裡看作一個危險之地，一個必然帶來不幸的迷津。

天暗了下來。由於我沒有武器在手，沒有別的辦法，只好站著不動，一面呼喊，一面敲打白鐵皮做的標本採集箱，想要藉此求援。

叫啊敲啊好一陣子，終歸徒勞。我爬上一棵印第安人叫做「朱巴蒂」（jubatí）的棕櫚樹（*sagus tasdigera*），葉柄在樹幹上形成梯級。在茂密的枝葉裡，我可以避開野獸，但是我必須小心翼翼地靠著直立的葉柄，避免有刺的樹葉傷到我。

夜逐漸降臨，群星在頭頂閃爍。但這一天，我看星星時，絲毫不覺得高興或寧靜；我只希望我的夥伴會發現我突然失蹤了，而趕快來找我。果然，斯皮克思已經派出印第安人，循著我的足跡找來。我聽到了幾聲槍響，於是趕緊反覆呼喊來回答。

終於，我看見兩團移動的火球，在轉了幾個彎之後，朝我的方向接近。最後，兩名「恩若霍」（engenho）男子，將我從這可怕的境地中救出來。看來，他們對此地非常熟悉。這兩位救星，很快就將我帶回到我焦急不安的同伴身旁。

他們所走的道路也不是沒有危險的，他們用棕櫚樹做的火把，只有微弱的光亮照著小路。路上處處纏繞著草叢、蘆葦和沼澤地的棕櫚灌木，樹刺把我戳得混身是血。

第二天早晨，我們返回盧欣哈河（Rossinha），收到了許多故鄉的信件，心情真是愉快。這是好友海斯凱特託了郵差，從巴西的馬拉尼昂州轉送過來的。郵差在路上走了艱苦而危險的兩個星期。

信件中有一道命令，要我們必須在1820年夏天返回歐洲。這證明計劃已經決定了。但同時，我們還能沿亞馬遜河上溯的時間十分短促，我們無法在帕拉多做盤桓。

馮・斯皮克思博士
馮・馬特烏斯博士
《奉馬克西米利安・約瑟夫一世之命，赴巴西之遊歷》
(*Reise in Brasilien auf Befehl Sr. Majestä Maximilian Joseph I*)
1831年

幻想

在幻想與現實、白天與黑夜、
可見與不可見之間，
印第安人眼中的世界，
每一刻都在變化。
無論眼開眼閉，
一切都同樣真實。
像那漫遊奇境的愛麗絲，
印第安人能穿過事物的表象，
儘管所用的方式
不一定都是溫和的。

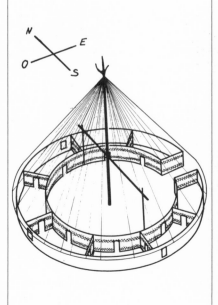

科吉族（Kogui）印第安人的《創世紀》

起初是一片汪洋大海，一切只是黑暗。沒有太陽，沒有月亮，沒有人，沒有動物，沒有植物。

到處是海。海就是母親。母親不是人，不是虛無，不是任何物體。

她是那就要來臨的精靈。

她是思想，是記憶。

蓋爾布朗記錄

奇穆族的宇宙神話

奇穆族（Chimu）印第安人生活在哥倫比亞，是喬科族印第安人的一支。

當這女孩來了月經初潮，他們就把她關在一間小屋裡。兩個月後，他們去看女孩，發現她已經胖得拉不起來了。再過一個星期，她又胖了許多，無法從小屋裡出來，於是他們只得拆毀小屋。可是她仍然一天天地發胖。她躺在泥地上，由於自身的重量而開始陷落下去。慢慢地，她跌落在另一個世界。她在地下的任何一個輕微動作，都會使大地顫抖；如果她動得厲害，大地就會四分五裂。她的名字叫做阿衛娜（Awena）。

阿衛娜的姐姐常在一個水塘裡洗澡。第一次，她洗了一個小時才回家。第二次，她洗了兩個小時。她的父母想去看看，為什麼她洗澡要花這麼多時間，結果他們發現了許多魚。父母感到十分奇怪，就問女兒：「為什麼這裡有這麼多的魚？」她卻回答說他們不能碰這個水塘裡的魚。

有一天，她去洗澡後再也沒有回來。兩天以後，當有人去找她時，發現她的腰部以下已經變成了魚。大家想把她救出來，但她說：「從今以後，你們不可以把我拉出水面。我是魚的母親，叫做『伯納德那伯』（Benetenabe）。」

就是這樣才有了魚；不是這樣便

沒有魚。也是她告訴別人，她的妹妹在地下，當她的妹妹一動彈，大地就顫抖。

兩姐妹從此沒有再回家。因此，大家再也不把來月經的女子關起來。

奇穆神話

沙弗（Milciades Chaves）蒐集

奇米拉人的薩滿

奇米拉族（Chimila）印第安人生活在偏僻的熱帶雨林區，該地區位於哥倫比亞境內，馬格達萊納河下游和聖瑪爾塔內華達山之間。1944年，人類學家雷舍爾-道爾馬托夫（Gerardo Reichel-Dolmatoff）訪問了他們，認為他們是從亞馬遜河遷徙來的。

薩滿有好有壞。人們這樣說是很正確的。好的薩滿醫治病人，呼風喚雨，他們的死亡和我們的死亡一樣。

壞薩滿的行為和別人不同。他們死了時不肯離去，還要回來作惡。然而他們不能恢復人形，怕被人認出，所以他們就變作老虎回來。因此，當人們在森林裡遇見一隻老虎時，就會想，這到底是老虎還是薩滿？

有一天，幾個男人到森林去。黃昏時他們走到一間巨大的圓房子前。一個說：「我們睡在這間房子裡吧。」

其他人說：「我們不能睡在這裡；有個男人死了，葬在這兒。」

可是那男人不聽，走進去躺下睡覺。其他人仍然留在戶外。半夜裡來了一隻大老虎，咬死了睡在屋內的男人。其他人說：「葬在這裡的是個壞薩滿。」他們跑著逃開了。

雷舍爾-道爾馬托夫記錄

尋找「諾霍蒂貝」（nohotipé）

巴萊蘿（Valero）是個窮農夫的女兒，住在內格羅河的一條支流上。她11歲時被印第安人擄去，在不同的印第安人部族中度過22年，其中和雅諾馬米人一起的時間最長。1962年時，她把冒險生涯告訴了探險家皮奧卡（Ettore Biocca），由他記錄下來。

在「沙普諾」（chapouno）屋裡，躺著一個生病的女人。部族裡的老者（Chapori）一面吮吸著她，一面唱歌，想藉此治療她。他們說這位婦人的「諾霍蒂貝」已經出竅，所以才病得這麼重。這種病叫做「諾萊希」（noréchi）。病婦呻吟不止。

這時，他們在「沙普諾」的場子上，造了一個一公尺高的柵籠。粗大的木棍豎在泥土裡，上面綁了另一些棍子，做成一個鷹巢的樣子。幾個男子在自己眼睛和嘴巴的四周，以及胸膛及小腿上塗上黑色，用「阿薩衣」（assaï）樹的長葉子，編成髮髻一樣的東西垂掛在腦後。他們說這樣就

像鷹了。另一些人也在嘴邊、眼上和小腿上塗上黑色，但他們裝成猴子。

下午三點鐘以後，他們所有的人都去尋找「諾霍蒂貝」。扮演鷹的人，用帶葉的樹枝夾在胳膊下，當作翅膀拍打著，嘴裡叫著「菲歐，菲歐」。病婦和幾個人留在家裡。

在「沙普諾」的大門口，一個女人應著從森林遠處傳來的呼喊；她在招魂：「朝這裡看啊，這裡是我們的家。」那些扮演猴子的人又叫又跳，搖動手上的樹枝。那些畫得像水獺一樣的人，就發出水獺叫聲。孩子們也學大人，裝扮得像小隼一樣。「杜沙瓦」(touchawa) 說：「你們是隼，從天上往下看，是最能發現獵物的隼。猴子們到樹枝間搜尋吧！」

婦女們用樹枝在地上來回撥動，好像掃地。他們想這樣就能把「諾霍蒂貝」趕回「沙普諾」裡。許多女人抱著孩子，怕如果孩子留在家裡了，可能也會丟掉「諾霍蒂貝」。

大家在靈魂可能會停留的地方都走過一圈之後，回到「沙普諾」房裡。然後，他們在所有的爐灶四周都繞一次，用樹枝把吊牀下面和角落清掃一遍。他們點起每個爐灶的火，再轉上一圈，才又回屋裡。這時，最有威望的老人宣布：「靈魂正在那兒哭泣。」所有的人便朝那個方向跑去。

但是女病人病情並沒有減輕。這時，人們把她背在肩上，帶著她去找丟失的靈魂，想把它重新裝進病人的軀體裡。最後，他們回到「沙普諾」，一個男人蹲在造好的大鷹巢上，然後幾個人接二連三跳上去，他們代表鷹和猴子。他們把女病人放在屋子的中心，並且開始用樹枝打她的臉。他們認為這樣做，「諾霍蒂貝」比較容易回到肉體裡。猴子們在鷹巢四邊跳，叫著：「嗨，嗨」，而鷹則一面抖動翅膀，一面應著：「菲歐，菲歐」。

婦女和孩子回來了，把手上拿的東西全拋在蓋滿樹枝的柵籠裡。他們說這個柵籠就是鷹巢。大家都蹲了上去。他們把病人翻轉過來，把她舉起來。扮鷹的人又叫：「大克，大克」，一面抽打病人的身子，像在殺螞蟻似的。他們說，當「諾霍蒂貝」在森林裡迷路時，螞蟻叮進去了。

最後，一個女人端來一桶水和一些氣味辛辣的葉子。這些葉子長在一種叫「古那古那」的螞蟻穴上。女人們把葉子放進水裡，用力攪拌，然後灑在病人的身上和頭上。女病人果然逐漸好起來了，她口中不再流出涎沫，也停止了呻吟。

他們也有另一種說法。認為人的靈魂就是這大鷹。他們說，人生病了時，就是鷹從巢中摔下來，不能飛。

皮奧卡
《雅諾阿瑪》(*Yanoáma*)
1965年

文學裡的亞馬遜河

亞馬遜河雨林神秘而奇幻，
似乎是無法穿越的。
亞馬遜河引發了抒情的曲調，
也造就出憂傷又絕望的詩句。
20世紀初，巴西作家庫尼亞
（Euclides da Cunha）吟詠：
「《創世紀》未竟，最後一頁
　猶待完成⋯⋯」
文學為我們開了一扇窗，
顯示出一塊迷人的土地，
但這地方也令人失望。
闖進雨林的人帶著一廂狂熱，
陷溺在自己的想像力之中。

亞馬遜河流域：馬庫納依馬的搖籃

超現實主義盛行時期，詩人和作家們把目光投向亞馬遜河，這巴西神秘的發源地，以為這兒才是真的巴西。1928年，德・安德拉德（Mario de Andrade）寫下了馬庫納依馬（Macounaíma）的冒險故事。這個人物是巴西文學裡的原型人物。

在一個萬籟俱寂的時刻，有位塔帕紐馬（Tapanhuma）部落的印第安女子，在烏拉里哥拉河（Uraricoera）的水聲中，生下這個醜陋的孩子，皮膚黑得像墨。大家叫他馬庫納依馬。

他從小做事就驚世駭俗。他長到六歲都不說話。如果有人要他說，他就嘆氣道：「我好懶！⋯⋯」別的就沒有了。他總是縮在角落裡，或爬到用棕櫚樹板搭的高台上，看別人工作，尤其是看他兩個哥哥。他的兄長一個叫馬納普（Maanape），已經老態龍鍾；另一個叫吉蓋（Jiguê），正值壯年。

馬庫納依馬最愛玩的把戲，就是把螞蟻的頭掐掉。他閒來無事，躺著過日子，但是一看見錢就手忙腳亂去搶。當全家人光著身子去洗澡時，他立刻精神抖擻。洗澡時，他在水裡不斷竄上跳下。女人們喜滋滋地叫著，說是有蟹在水裡。在大夥兒住的大房屋裡，如果有個女人靠近他，和他親熱，他就把手放在人家的陰部。女人

只得退避。他朝男人吐口水，但是對老人倒敬重得很。他喜歡學跳舞，木洛阿舞、波拉賽舞、托雷舞、巴柯洛科舞和古古依托克舞，總之，部落裡任何儀式舞蹈他都愛。

要睡覺時，他鑽進小閣樓，每次總是忘了小便。他母親的吊牀在他的閣樓下，我們這位先生，竟把冒熱氣的尿撒在老母親身上。然後他入睡了，做著粗野下流的夢，一面蹬腿。

中午，婦女們閒聊時，話題繞著我們主人翁的下流勾當。她們開懷大笑，說道：「會刺人的荊棘再小，也是尖的。」部落裡舉行「帕然浪薩」（pagêlança）儀式時，國王納戈（Nagô）對大家說，馬庫納依馬頭腦清楚，是個聰明人。

馬庫納依馬和兩個哥哥，遇見森林之母暨亞馬遜女兒國的女王西（Ci）。

一天，四個人一起在森林裡閒逛。怎麼也找不到湖泊和沼澤，他們渴得要命。這一帶沒有一顆豬李。太陽母神菲（Veï）發出的光芒穿過林隙，照在旅行者身上。四人大汗淋漓，彷彿全身抹了果仁油似的。突然，馬庫納依馬停住腳步，朝悄無聲息的夜空做了一個巨大的報警動作。其他人原地站住，並沒有聽見響聲，但是馬庫納依馬嘟噥著：「這裡有東西。」

他們讓漂亮的伊麗基（Iriqui）擺好姿勢，坐在一株木棉樹根上，其餘三人悄悄往前走。太陽女神菲已經很累了；這時，馬庫納依馬絆倒在一個睡著的女人身上。這女人正是森林之母，西。從她乾癟的右乳房，馬庫納依馬立刻知道，她是從亞馬遜河女人國來的。這個部族住在尼阿蒙達河（Nhamundá）河水匯流的月亮鏡湖畔。這女人很美，流露淫蕩氣息的身軀上，畫著一種叫做「熱尼帕波」（genipapo）的顏色。

馬庫納伊馬撲上去調戲她。但是西不喜歡這一套。馬庫納依馬抓住了她的大刀，她則掏出一支三叉戟，朝他刺去。兩人惡鬥起來。林子裡迴盪著戰士野性的咆哮，受驚的鳥兒縮小了身體。馬庫納依馬鼻子挨了打，流出血水，屁股上也有三處深深的刀傷。亞馬遜河女勇士卻沒有一點傷，而她的每一次打擊，都讓馬庫納伊馬身上濺出血水。

他驚恐萬狀地大叫，鳥兒更害怕了；他看到自己根本不是亞馬遜女勇士的對手。他一面逃，一面叫他的兄弟：「快來幫忙，我快殺了她！快來幫忙，我快殺了她！」

兩個哥哥來了，抓住了西。馬納普從後面扭住她的雙臂；吉蓋用木棍狠狠在她頭上揍了一下。亞馬遜女勇士倒在茂密的草叢中。當她連睫毛也不再抖動時，馬庫納依馬靠近她，與她親熱。這時候，許多小鸚鵡、紅鸚

鵲、綠鸚鵡和八哥紛紛飛來，向馬庫納依馬道賀，祝賀他成為原始森林的新皇帝。

三兄弟帶著馬庫納依馬的新歡，繼續向前走。他們穿過了百花城，經過極樂瀑布，避開了傷心河，踏上幸福路，到達了位於委內瑞拉丘陵地帶的寶貝小樹林。馬庫納依馬在村裡擴展了他的神祕森林帝國，皇后西則帶領她的女勇士們，揮舞著三叉戟奮勇作戰。

我們的主人翁生活得十分安樂。他只忙著殺螞蟻，喝喝啤酒，咂咂舌頭。當他用木琴伴奏唱歌時，森林裡響起了回聲，這歌聲是蛇、蚊子、螞蟻和小精露的催眠曲。

晚上，西從外面歸來，渾身散發出油膏味，全身滿是戰鬥中帶來的傷。她爬上用自己頭髮編織的吊牀。兩人打鬧，嬉笑，做愛，然後交換滿足的笑聲。

德・安德拉德
《馬庫納依馬》

與官方的歷史唱反調

索薩（Marcio Souza）出生在馬瑙斯，大力保護族群的文化。他寫了兩本飲譽世界的書：《亞馬遜皇帝》和《瘋狂瑪麗亞》。在這兩本書中，他回顧亞馬遜歷史上的輝煌和衰敗，重新評價各個時期。他1985年的作品，

《瘋狂瑪麗亞》（Mad Maria）描述了興建馬德拉-馬莫雷鐵路的經過。

美國人科利爾（Collier），是修建這條鐵路的總工程師。

她誕生在一個比金屬還要凝重的黑夜裡。科利爾把火車想像成一個人。工人決定把他們的機器叫做「瘋狂瑪麗亞」。工程師覺得這名字不適合用來稱呼火車頭。在南美洲通行的拉丁語中，「火車頭」是陰性名詞，因此很容易把這機器比作女人。但是在英語中，它是中性詞；而「瘋狂瑪麗亞」這詞，竟是由講英語的人開始叫的。起先，科利爾想，這大概是因為美洲人習慣於把颶風或颱風這類事物，冠上女性的名字。

但是火車頭可不是災禍啊。她一點也不瘋狂，總是很忠誠地完成自己的義務。身為女人，她竟能在強壯的男人倒下時，還挺得住。

如同世上的一切事物，有時表面上看來矛盾，背後卻往往含有別的意義。在某些時候，她支配了工地上的所有男人。她是紛亂嘈雜的蜂窩中，唯我獨尊的雌蜂王。她穩定如山，對自己的道路充滿信心。她每天從機械上居高臨下，用鋼牙舔著鐵軌。

她是瘋狂瑪麗亞，鋼鐵女王，一個科利爾無法理解的女人。在科利爾眼裡，這個女人不喝琴酒，卻喝機

油，哪個男子躺過她的泥牀來，她便與他上牀。

但是，除了工程師科利爾，沒有一個睡在宿舍裡的吊牀上的人，會這樣想像；沒有人去想她的存在有何意義。只有科利爾自己知道，大家都做著修鐵路的美夢。〔……〕

這是一支流浪大軍，為了讓高傲的、純潔的瑪麗亞，能踩著她鋼鐵的步伐前進，他們甘願把自己的大衣舖在污泥上。只有像羅利爵士這樣的海盜，才做得出這種事；只有這群流浪大軍，忍饑挨餓，從世界各地來到這裡，用自己的生命，換一張瘋狂瑪麗亞腳下的紅毯。

火車頭熟睡了似地躺在那裡，她最聽話的奴隸托馬斯，爬進了她的肚子。科利爾有時懷疑，這女王是否受她臣民愛戴；他想是不會的，因為工蜂決不會愛戴蜂王的。而她該知道，自己的冷漠會得到報應；那不會是愛也不是恨，而只是冷漠。

她衣衫襤褸的臣民們，就是這樣冷漠，每天一小塊一小塊地往前舖著地毯。從遠處看，他們勞動的姿勢似乎還十分浪漫。

明天，當雄偉的瘋狂瑪麗亞噴出一股股濃煙時，人們從遠處就能聽見金屬的嘆息聲。

索薩
《瘋狂瑪麗亞》

維護一個神話：印第安人和文學

巴西人類學家里貝羅，專門研究印第安人的生活和神話傳說。他在長篇小說《邁拉》(Maíra) 中，描寫了印第安世界逐漸毀滅的過程。

年輕的印第安人依賽阿斯 (Isaias)，在羅馬生活了幾年以後，回到故鄉。

從這裡居高臨下，一直朝西看，我看到了位於森林外，四周圍著小雞籠似的，我出生的村莊。房屋是用帶枝葉的樹幹搭成的，圓形的頂上面，覆蓋了茅草。最大的一間叫做「貝托」(Baito)，久來便是傳教士巴克喬所覬覦的目標，他總想建一座更大的教堂。然而十字架永遠比不上「貝托」的標誌：兩棵樹根裸露的枯木。

現在，我的村莊正是半夜。大家在吊牀裡睡得正甜。按照每個家庭的組合形式，男人的吊牀在下，女人在中間，最上面是孩子們的吊牀。為了抵禦黎明的寒氣，地上燒著木柴，餘燼的火隱隱映在地面上。〔……〕

我故鄉的森林裡，樹木高大修長，從平滑的泥土中拔地而起，直指天空，不長側枝。一束光線從某一棵被雷殛倒的樹隙中透過來。但森林的傷口立刻就會癒合。森林的本性就是濃重的綠色，如同一座羅馬式大教堂那樣若明若暗。每天只有日出和日落時分顯得有些生氣。這些時候，猴子

在枝間跳躍；鳥類因黑夜到來了而恐懼，或因黎明將開始而喜悅，競相啼鳴。早晚時間，是原始森林中兩次盛大的彌撒。

我們邁羅（Mairuns）部落所有的人，都害怕黑夜降臨。黃昏，我們把各人的吊牀緊緊靠攏，撥旺火堆，等候時間在森林之夜的黑暗地道中通過，心裡充滿恐懼。這時大家提心吊膽，就怕有誰說起在森林裡睡著的人的故事。那些人丟了靈魂，變成野獸，永遠生活在森林裡。

從這裡朝上，朝自己的內心，我看見了我的人世。在這裡，我看到現在的村莊一如往昔。我每每看見許多細節；我甚至能看到角落裡別人看不到的東西，比如亙古的氏族和家庭的布置方式。一條肉眼看不見的線，把村子分爲兩半，一半是東，另一半是西。東半邊的氏族家庭，應當到西半邊去尋找妻子或丈夫。

村莊這種二分法，與我們現實世界的方式毫無二致：日與夜、光明與黑暗、太陽與月亮、火與水、紅與藍、男人與女人、好與壞、醜與美。

村莊的一面是白天、光明、太陽、火、黃色。就在這兒，有我賈瓜爾（Jaguars）姓氏的家。在另一面是黑夜、昏暗、月亮、水、藍色。那兒有我們的姻親家庭，住著我的姐夫妹夫，小埃貝爾維埃一家、福貢一家，以及其他許多人。每一半邊總是說另半邊是陰性的，又壞又醜。究竟哪半邊說錯了，還沒有定論。但是在我內心深處，我總覺得另一半面是陰性的、壞的和醜的。如果眞要討論這主題，我有許多證據可以支持我的觀點。我們日出這一面的人，個個長得俊美健壯，除了我。

里貝羅
《邁拉》，1980年

黑色金子和沒落歲月

哥倫比亞作家里維拉（José Eustacio Rivera），以及葡萄牙作家德‧卡斯特羅（Ferreira de Castro）寫了幾部有自傳色彩的長篇小說。他們在作品中描寫了亞馬遜的壯麗與殘酷，也描寫了橡膠農近似奴隸的遭遇。

里維拉在《旋渦》中，以抒情而熱烈的文字，描述了橡膠奴隸的生活，以及商人對膠農的剝削。

我從前是橡膠農，現在還是！我曾生活在偏僻山區的沼澤泥塘地帶，與染上瘧疾的男人一起切開樹皮，汲取神的白色血漿。

在遠離我出生故地萬里之遙，我詛咒往事，因為我的過往全是悽慘的記憶。父母倚門倚閭，期待離鄉背井的兒子捎來任何幫助，而在貧困中老死。正值適婚年齡的美貌姐妹，沒有足夠她們打扮的財富，也沒有兄弟帶來改變命運的黃金，只能苦笑。

當我把斧子插進樹幹的時候，我常常禁不住想用它砍掉自己的手。這手摸過錢，但是留不住。這手不會生產什麼，不偷什麼，也不會做買賣。我的生命瀕臨崩潰。我想，在這片森林裡，有不少人與我一樣，承受著相同的痛苦。

那在現實和我們永不滿足的靈魂之間的不平衡，是誰創造的呢？為什麼給我們毫無用處的翅膀？貧窮是我們的後母，而希望卻是暴君。為了仰望天堂，我們必須倒在地上；為了填飽肚皮，我們在精神上卻失敗了。平庸的生活使我們憤慨！我們就只能成為平庸之輩！

有幸能隱約窺見幸福生活的人，卻無力得到；想找一位好女孩的人，結果換來別人的蔑視，想娶妻的人卻只找到情婦。想站起來的人，被強者壓下；這些強者冷漠無情，如樹木一樣，冷冷站在一旁，看著我們發燒，挨餓，身旁爬滿水蛭和螞蟻。

我試過不再幻想，但有一種不知名的力量，把我推離現實。我像一支落空的箭矢，穿過幸福的上方，沒有能力改變命中注定的打擊；除了失敗，沒有別的歸宿！而這是他們所謂的我的前途！

美夢不能成真，勝利早已無望！你們這些記憶的幽靈，為什麼蓄意要來羞辱我！你們看看這個做夢的人要些什麼吧：他砍伐枯樹，讓不會幻想的人錢囊飽滿；為了日暮時能換得一塊不新鮮的麵包，自己竟要忍受侮辱與蔑視！

奴隸啊，你不抱怨，只是默默接納苦；囚犯哪，你守著這座監獄！活動在森林這座大牢房裡，你們不知道流浪的痛苦。不盡的長河，是這牢房之綠色蒼穹的支柱。你們不懂得黑暗的折磨，因為你們永遠不知道，看

著陽光照耀沙灘是什麼滋味。損傷你們足踝的腳鐐，比沼澤裡的水蛭還溫和；而拷打你們的守衛，比沈默監視你們的樹木更容易對付！

我有三百棵樹，花了九天時間把它們全部切割了一遍。我把每棵樹上的籐蔓都清除了，然後朝每棵樹都闢出一條路。我朝這些難對付的樹木看了一遍，砍倒了不出膠的樹，有時會撞見偷竊樹膠的小偷。我們用牙咬，用刀砍。雙方爭搶的膠漿上，染著鮮紅的血印。這沒有關係，只要我們的血管能增加膠漿！工頭要求每天交十升膠漿，鞭子是放高利貸的人！

附近溝壑裡勞動的伙伴，因發高燒而死去——那又怎麼樣呢？我看見他倒在草葉上，抽搐著手腳，驅趕一群不讓他安靜死去的大蒼蠅。

明天，我會因為受不了惡臭而離開這地方，但是我要偷走他採集來的樹膠，這會減輕我的勞累。換了其他人，見我死時也會這樣做的。我偷能偷的一切，不是為了父母，而是為了我的劊子手們。

當我用一根有凹槽的「卡拉那」（carana）木管，繞著膠汁日益枯竭的橡膠樹，把它流出的眼淚接引到小碗裡時，大批圍著橡膠樹的蚊子，正吮著我的血。森林裡的輕霧蒙住了我的眼睛。就這樣，樹和我一起，在死亡之前流淚，我們搏鬥到支持不住而斃命！

但是我一點也不同情樹——就站在那裡，而毫不反抗的樹。樹枝搖動一次不算是反抗，打動不了我。為什麼整座森林不對這種卑鄙的剝削發出怒吼？為什麼不乾脆把我們像蟲豸一樣碾碎？我不是傷心，我只是絕望！我沒有一個共氣息同命運的同志！我希望向這種狀況宣戰，我要看見各種宇宙力量一同運動，那怕在大動亂中死去！即使這反抗是由撒旦領導的！〔……〕

我曾經是個橡膠農，我現在還是橡膠農！我的手所作的傷害樹木的一切，也可以用來反抗人類！

里維拉
《旋渦》，1934年

年輕的葡萄牙人阿爾貝托（Alberto），來到了帕拉省貝倫市，打算參加一次尋找橡膠的探險。這次探險的代號是「天堂」。最後，他發現了橡膠林。

亞馬遜河流域是另一個世界，仍處於原始狀態，是一片兇殘的土地。在這魔鬼森林裡沒有樹。「樹」這個詞所代表的，是盤根錯節的瘋狂與混亂，貪婪與饑渴。

在這噬人靈魂的饑渴之下，人成了犧牲品，精神、良心和感情都遭到損害。原始森林緊緊包圍著這些人性，把他們囚禁在寂靜而無法穿越的深處，抹去踪跡，設置路障，弄亂路標，把人當作奴隸，不讓他們逃脫。

阿爾貝托又恐懼又惱怒，病倒在林中空地上。四周是綠色的牆，樹根像哨兵似地四處蔓延；不斷抽長的芽枝，生命力頑強，令人望之氣餒。為了開闢道路，清理灌木的工人每天早晨都要用刀砍掉樹枝……熱帶雨林不會忘記自己所受的傷；她執意要重新奪回土地，把簡陋的小棚屋悶死，才肯罷休。十年、二十年、五十年、一百年都沒有關係。

結局是命中早已注定了的。總有一天，因橡膠資源枯竭了也好，因病，因絕望，因孤獨也罷，人類終究是會敗退的。

無論復仇的手段如何，時機怎樣，可能白人會被最後的野人消滅，原始森林終將得勝。在人們呼吸的空氣中，行走的土地上，在人們飲用的水裡，到處都是威脅。森林必將主宰一切。

人類只是傀儡，受制於那看不見的力量——愚蠢的人哪，竟以為自己已經征服了一切看不見的力量。

德·卡斯特羅
《叢林》
1938年

何處去尋找秀麗風光？

比利時詩人米修（Henri Michaux）1929年出版了《赤道》一書，講一個年輕人參加了一次旅行，橫穿過安地斯山脈、厄瓜多爾的群山、巴西的森林，最後抵達亞馬遜河河口。旅行心得：沒有地方是到不了的。

基多，秘魯，亞馬遜河港口
11月15日

規律的日常生活造就出中產階級。這道理舉世皆然。但是，某一個人習慣了的日常生活，會是過另一種日常生活的外國人眼中，困惑難解的事。〔……〕

在這個地方的單調生活中，有一種小蟲叫做「依桑」（issang）。你走過潮濕的草地，這東西馬上使你發

癢。然後，腳上就出現二十個要用放大鏡才勉強看得見的血紅圓點。

三個星期後，你的膝蓋上會腫一個大包，包上有二十多個半公分左右的化膿創口。

你陷入絕望，開始大罵，你的傷口感染。你想要一頭老虎，一頭美洲獅；但是你只能得到日常生活。

還有另一種常見的東西，極小的蚊子。它輕輕地叮你，光在你睫毛上就有上百隻……

你想要一條大蟒蛇，但他們只能給你日常生活。

水裡有一種很美的小魚，一根羊毛大小，漂亮、透明、膠質的。

你在洗澡，小魚朝你游過來，想鑽進你的身子裡。

經過了最細膩的試探，用了很多微妙的方法（它最欣賞天然的口子），它終於抽身離開了。它打算倒退，於是背鰭老豎起。魚不安起來，絞動著，像一把張開的傘。它退出去。於是你血流不止。

要嘛就毒死魚；或者只好人自己去死。

但是，只要有鮮血在水中擴散，那怕只是一小滴，「卡內洛」魚（canero）就游過來了。「卡內洛」沒有沙丁魚大，但也是成群結隊，兇殘貪吃，一口就能咬斷你的手指。一個60公斤重的成年人，魚群在十分鐘內可以吃得精光。

亞馬遜河中沒有撈起過屍體。

亞馬遜河中沒有發現過屍體。

〔……〕

12月15日，帕拉
亞馬遜河河口

許多狹窄的一、兩公里寬的通道。就只見到這些。

那麼，亞馬遜河在哪裡？因為沒有看到更多的東西，就這樣想了。

沿河而上吧。乘飛機鳥瞰吧。所以，我沒見過亞馬遜河，我也不去談論它。

一位從馬瑙斯來的姑娘與我們同船，今晨抵達帕拉。當她經過林木繁茂的中央公園時，深深地吸了一口氣，說道：「啊，終於見到了大自然！」可是，她正是來自森林……

她板起了臉，赤道森林算什麼！只不過在河的左右兩岸。〔……〕

米修

《赤道》

森特拉斯（Blaise Cendrars）搭上輪船，到原始森林去了一趟。多麼難以捉摸的真實。

森林仍然繼續延伸。輪船朝河中心駛去；有時稍靠左岸，有時靠右岸。

在大樹的遮蔽下，到處是一片暗

綠，點綴了一些高掛在樹枝上的籐花。河灣處渾濁的河水，被小塊或褐或黃或白的沙灘分割開來，形狀像牛角麵包。灘上經常有隻鱷魚躺著。

四下沉寂，偶爾有巨嘴鳥展翅鳴叫，或一隻學舌的鸚鵡，像箭般從這岸飛到那岸，鑽入濃綠的樹蔭裡。或者，突然有一隻小猴子跳出來，竄進樹叢裡，搖得枝葉一陣晃動。有時，會有一隻叫做「邦普洛內拉」（pamplonera）的藍色大蝴蝶，在船舷兩旁翩翩飛舞。

如果你有非常敏銳的目光，就能夠看到：在竹子間，或在盛開的赤道睡蓮上——這種睡蓮的葉子厚而平，周長可達兩公尺——有一群蜂鳥上下飛舞，如同粒粒細小的鑽石。

仔細看，從混濁的水流漩渦中，可辨認出一條急速游動的「馬那代」魚（manaté）。這種奇異的魚，有乳頭和一個大而靈活的頭，以海綿狀的水草為食，人稱「奶牛魚」。

這些偶爾發生的事情，轉瞬即逝。大河、森林和花草，立刻又封閉起來，隱藏起它們的精靈，守住秘密和保護生命。

萬籟俱寂。沒有一聲叫喊。沒有一絲聲息。水在流動。森林在熱氣蒸騰中閃閃發光。天空萬里無雲，水上有一絲漣漪，遠處樹巔輕搖，一片草葉在顫抖。一切如謎。

這艘12,000噸的輪船，裝滿了歐洲人和商品貨物，在原始森林中溯流而上。船的艏柱十分堅固，螺旋槳在黃色的亞馬遜河中劈波斬浪。黑煙裊裊上升，與高聳入雲的棕櫚樹融為一體。這艘輪船沒有驚動什麼，在這廣袤的洪荒世界裡，無足輕重。它就像一隻蚊子或一隻蜉蝣，靜悄悄地通過，絲毫未被覺察……

森特拉斯
《真實故事：坐輪船到原始森林》
1936年

消失在森林裡

「你上一次見到白人
是什麼時候？多少年了？
請你再仔細回憶一下……
你從來沒有聽人講起福西特、
雷德弗、莫福雷這些名字嗎？」
所有的森林探險家都這樣
詢問印第安人。
沒有人敢說，
福西特和雷特弗是不是死了。

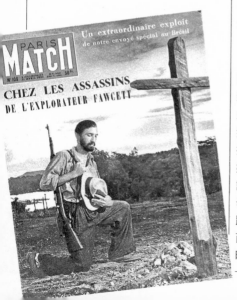

他們還活著嗎？他們是不是變成印第安部落的白人神仙了？還是被俘了？

　　25年前，英國上校福西特（Percy Fawcett）和他20歲的兒子傑克，以及傑克的朋友，年方二十的大學生里梅爾三人，受到巴西的馬托格羅索（Mato Grosso）熱帶森林吸引。他們想去找一座傳說中的城市，或許這還是一座寶庫遺址呢。

　　23年前，年輕的飛行員雷德弗（Paul Redfern）從飛機上降落在這一座森林裡。但是人和飛機就此失去蹤影。

　　幾個月前，23歲的法國探險新手莫福雷（Raymond Maufrais），在法屬圭亞那的馬羅尼河（Maroni）上游失蹤。他的老父親來到巴黎，向最後見過他兒子的旅人問訊。他一直在等兒子的消息……

「你會找到一座傳說中的城市」

福西特父子的探險深富傳奇色彩。父親在1901年時，是個喜歡玄想的大學生，十分迷戀地理學。結婚後，他拋妻別子，去到玻利維亞與巴西的邊境挖掘遺址。找到一些堪與孟斐斯浮雕媲美的珍貴浮雕之後，他聽到消息，說在塔帕若斯河和欣古河上游尚未開發的地區，還藏著一個重要的文明遺跡。深受亞馬遜女勇士神話誘惑的福西特，1920年又來到了原始森林，此時他已在第一次世界大戰的戰場上獲

得上校軍銜。可是，南美洲瘧疾猖狂，於是他打道回國。但在1925年，他來到馬托格羅索省內的庫亞巴，一處尋找黃金和鑽石的營地。他和兒子傑克一起來。福西特說，他是聽了一個印第安巫師的話之後才來的。這位巫師告訴他：「你的兒子長大到可以與你一起來的時候，你會找到一座傳說中的城市；你會被俘虜，但他們會因婚姻而釋放你！」

他相信哥倫布發現新大陸的傳奇故事。福西特，他的兒子傑克和他們的朋友里梅爾，就這樣闖進了契巴達（Chepada）叢林。走了三百公里之後，一位巴西探險家替他們找來兩名印第安人嚮導，還送他們一條小狗。他們答應，會好好照顧這條小狗，把它當吉祥物。

有一段時間，住在藍山上的印第安人，每晚都看得見他們宿營地的營火。1925年6月，兩名嚮導回來，帶回了福西特委託他們轉交的信件和照相底片，這是些極為珍貴的資料。

福西特在信中說，森林越來越茂密，他們已經無法用斧子開路；因此，他造了一條獨木舟，要和兒子及里梅爾一起上溯科洛瑟河（Koloseu），朝未開化的卡拉帕印第安人那兒去。幾天後，渾身是傷，驚恐萬狀的小狗單獨跑回伐木場。

叢林之子

所有的探險家都會支持我的說法：世上沒有心懷惡意的印第安人，但到處都有膽小鬼！一開始，有謠言傳說三個探險者都被毒殺了。

但是，在1925年，法國探險家庫特維爾（Courteville）說，他在聖拉斐爾河附近遇過一個發高燒，失去記憶的人，他很可能就是福西特。一位瑞士的探險家聲稱，他在一個野蠻人部落裡見過福西特。他留一把白鬍子，說英語，身體很健壯；但當瑞士人想接近他時，就被印第安人擋住了，他們把他當俘虜。

義大利學者特魯西（Michele Trucchi）說，傑克和里梅爾死了，而福西特染上痲瘋，和印第安人在一起，發誓不再回到文明世界。巴西人類學家奧雷利（Willy Aureli）則

說，福西特還活著，現在是一個吃人部落的酋長。

許多冒險家和環球旅行家，諸如迪奧特（Dyott）、佩特魯洛（Petrulho）、弗來明（Fleming）、富薩尼（Oranio Fusani）等人，都為了尋找福西特而在森林裡喪命。1934年，記者溫頓找到了福西特的探險路線圖，以及一些攝影片盒。但是也只有這些了，因為溫頓也一去不返；他被卡拉帕族印第安人毒死。

1936年，人所敬重的牧師勒特爾（Leghters）證實了一則消息：卡拉帕洛人的鄰近部族，雅那那瓜族印第安人，收養了一個白皮膚藍眼睛的小孩，是傑克和該部族裡一個處女所生的。其實，1926年時就有這種說法了。1945年，記者莫雷爾（Edmar Morel）領導了一個考察團，去尋找這個叫做鄧普（Dunpe）的孩子。今天他已經25歲，由福西特的遺孀收養，正在巴西唸書。印第安人告訴莫雷爾，里梅爾死於瘧疾，而傑克和福西特被亂箭射死。但是，在倫敦的福西特遺孀，不肯相信她丈夫和兒子已經死了！〔……〕

莫福雷的最後冒險

今天，在福西特和雷德弗的名字之外，還要加上一位年輕的法國探險者莫福雷。

莫福雷當過傘兵，得過十字軍勳章，現在是年輕有為的記者，酷愛冒險。1946年，他參加了在巴西的一次勘察活動。1949年11月，他打算進行一次難以實現的冒險：單身，徒步背30公斤的行李，攀登法屬圭亞那的圖穆庫馬克山（Tumuc-Humac）。

四百年來，有個關於這座山的傳說，奪去了不少人的性命。傳說中，有個國王身穿純金衣服，住在金屋裡，主宰一個豪富的民族。莫福雷不相信「黃金國」這種傳說，但他熱愛冒險生涯，也認為可能會發現金礦。他打算把冒險過程寫成文章，刊登在《科學與旅行》雜誌上，題目定好了，叫〈圖穆庫馬克歷險記〉。

五個月以後，十幾名上溯塔木里河的印第安人，發現了莫福雷的行李，裡面有一支來福槍和一本筆記。

他們叫來了哨所的憲兵。法國官方做了一項調查，結果不樂觀。他們認為，12月15日，莫福雷和小狗巴比到過一個收集樹膠的村子。1月15日，他造了一條用樹幹紮成的木筏，朝一個離此處約45公里的淘金據點比揚弗尼（Bienvenue）去。這一帶的河水異常湍急。沒有多久，又找到了莫福雷的木筏殘片和他的最後宿營地。在營地裡，他的吊牀還懸掛在一張木桌旁，桌上舖著紙，有一個墨水瓶、一支筆和一個發了霉的旅行袋。

印第安人和憲兵順著罹難者的足跡，走進原始森林，但未能找到屍體。在法屬圭亞那的印第安人都已開化，因此調查者判斷：莫福雷很可能被森林中的野獸咬死。他的父親說：

「我相信他還活著。」

一些使用感應術的探測者，向他的父親說，他仍舊在圖穆庫馬克山中流浪。「福西特和雷德弗還活著」的傳說，也還是流傳著。

這三個影子，縈繞在亞馬遜河探險的路上。發現大河源頭的弗洛努瓦（Bertrand Flornox）、蓋爾布朗、菲什泰、馬泰、蓋索等人，跟著拉·孔達米納、德·奧爾比尼、克雷沃、孔特羅的腳步，在與世隔絕的二十萬印第安人中，為科學貢獻心力。

當儒（Henri Danjou）
《法蘭西晚報》
1951年1月8日

絕妙的動物寓言集

印第安人認為，動物或植物
和人一樣，也有靈魂；
而動物和植物的靈魂可以
化為人形。在19世紀的
博物學家眼中，美洲動、植物
珍貴而稀有，可成為驕人的
歐洲收藏品；
而印第安人卻看到了
某一個同胞迷失的靈魂。

鳥類顏色的起源

人類和鳥類聯合起來，向侵犯所有生靈的大水蛇發起反擊。可是參戰者由於害怕，一個一個推託，說他們只會在陸地上作戰，紛紛退縮。最後，鸕鶿勇敢地跳下水去，狠狠咬了水底魔鬼一口。人群蜂擁而來，把水蛇拉出水面，剝了它的皮。

鸕鶿要求把蛇皮給他，當作勝利的獎賞。印第安人的酋長語帶譏諷：「當然可以啦，你只管把蛇皮取走就是了！」鸕鶿回答：「多謝！」向其它鳥類打了一個招呼。所有的鳥兒落下來，用嘴叼起蛇皮的一角，帶著蛇皮飛走了。印第安人又氣又怒，從那時起，他們就和鳥類為敵。

鳥兒飛到一旁去分蛇皮。它們商量妥當，每隻鳥都保留自己嘴裡那一塊。蛇皮的顏色十分艷麗，紅、黃、

綠、黑、白，各色繽紛，還點綴著從沒見過的圖案。每隻鳥都擁有它該得的一塊蛇皮之後，奇蹟發生了。從前，所有鳥類都是灰不溜秋的，現在它們一下子變成了白的、黃的、藍的……鸚鵡披上了綠色和紅色，從前羽毛很不顯眼的南美洲大鸚鵡，有了粉紅、大紅和金黃的色彩。

貢獻良多的鷦鷯，頭上仍然留著黑色，但是它說自己十分滿意。

李維・史陀記錄
《神話學：生食與熟食》
1964年

鱷也是像我們一樣的人，不會把你吃掉的！」

傍晚，兄弟說：「走，我們去釣魚吧。」

這人回答：「我不去。我怕凱門鱷。」

兄弟堅持說：「我們走吧！」

於是，兩人一起走到河邊，在沙灘上釣起魚來。這時，有一條大凱門鱷躍出水面，捉住了這個人，把他吞進去。他隨身帶的弓箭，也一起被吞了進去。

當他落到凱門鱷的肚子裡時，他說：「我餓死了，又沒東西吃；我口

夢見凱門鱷的人

一天，有個人在起牀時說：「我夢見了凱門鱷。」

其他人忙問：「怎麼回事？快說說！」

「我夢見自己在沙灘上走。找到一個很大的凱門鱷魚蛋，我把它吃了。現在，我害怕凱門鱷會把我吃掉！」

他的兄弟說：「別說傻話。凱門

渴了，也沒什麼可喝，我想看見光亮，我卻在黑暗之中。」

這時，他聽見外面有一隻猴子在唱歌。

這人說：「有猴子在唱歌，那麼天已經亮了。」

他拿起箭，開始從肚子裡戳凱門鱷的肚子。這時，凱門鱷爬出洞來，說：「誰敢這樣子戳我？」

這個人繼續一下又一下戳下去，

痛得凱門鱷朝河道四面亂竄。同時凱門鱷拼命咳嗽，不得不張開嘴巴。這個人立刻把箭卡在嘴上不讓它合起來，自己跑了出來。他一跳，在沙灘上摔得半死。

夜裡，他醒來，回到家中。當他進屋子時，大家正在喝「希沙」酒。他的兄弟起身歡迎他。於是他就說：「夢見凱門鱷，就會發生這種事。可是，你還不相信我！」

雷舍爾－道爾馬托夫

南美洲大蟒蛇

一天，我們正在用槳划船，沿河的左岸快速前進時，傑克叫了起來：「划遠一點，那邊有一條死鱷魚。」我朝他指的方向看去，發現他搞錯了。我做夢都沒見過的一條南美洲大蟒蛇，直挺挺地橫躺在那裡。

這大蛇渾身沾滿泥漿，許多蒼蠅、蝴蝶和各類昆蟲叮在蛇身上。蛇身大約有三、四公尺擱在河岸的淤泥中，像人的胸膛那麼寬，其餘部分則在水裡，在我們的小船底下蜷縮成一個巨大的Ｓ形。

後來我常向人說起這種蟒蛇的長度，別說聽的人半信半疑，連我自己說的人也覺得簡直難以置信。我沒有丈量，但我可以估計出來，這條蟒蛇有十六、七公尺長。因爲我們的船長八公尺，而這蛇的頭部有三、四公尺在我們的前面，尾部有一公尺半左右在我們後面；而中段盤成大Ｓ形的部分，也等於我們船的長。它的寬度足足有一公尺半。

我坐在後艙，而所有的槍都在前艙。我喊傑克開槍射擊。可是，他在行李中取槍的響聲驚動了蟒蛇，它捲起一陣強勁的旋渦，消失了，還差點把我們的船弄翻。如此龐大的身軀，動作竟能如此靈敏，眞令人驚訝，這和我們以前打死過的笨重蟒蛇完全不同。

被我們打死的蟒蛇，斬頭去筋盤堆在我腿旁的情景，浮現腦海，我不禁想到，如果今天這條巨蟒把我們的小船捲進它的身圈裡，眞不知後果如

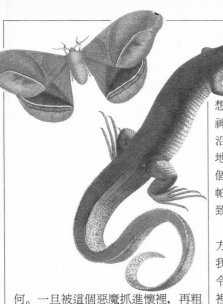

何。一旦被這個惡魔抓進懷裡，再粗壯的男人也不過是一根草莖而已。

德·格拉夫
(Fritz W. Up de Graff)
《亞馬遜河的獵頭族人》
1927年

1848年5月28日，貝茨和華萊士來到帕拉。貝茨在這裡住了11年。回英國後，他遇到達爾文。達爾文鼓勵他寫下《亞馬遜河上的博物學家》一書。此書使他名聞遐邇。

將近子夜，期待已久的風終於來了。水手拔起船錨，我們很快就駛到亞馬遜河心。我在黎明前就已經醒來，想看看月色下的大河。微風令人心曠神怡，船在水面上歡快地向前。我們沿著一條三公里寬的河道行船。在這地方，河面寬度超過三十公里，由三個大島群分割，景色壯麗。這兒沒有帕拉河和托坎廷斯河那種湖般的景致，但自有波濤洶湧的氣象……

6日，日出時，在河左岸的遠方，出現了阿爾梅林山綠色的峰巒。我長年在平原地帶生活，眼前是多麼令人興奮的場面啊……馬特烏斯在這裡登陸過，他說這些峰巒高出河面約250公尺，一直到峰頂都覆蓋了茂密的森林。在東面，開始時只有一些不連貫的小丘；但到了西面的阿爾梅林鎮時，彷彿有某種外力作用，山的高度一樣，而連成了長長的山脊。

我們有個習慣，要在一個少受螞蟻侵擾，又靠近水源的地方稍微休息一下。在森林裡一場累人的早晨狩獵後，我們重新到這裡碰頭。我們就地吃了一頓豐盛的午餐，用兩張野香蕉樹葉鋪在地上當桌布。隨後我們在午後的酷熱中休息了幾個小時……

這時，我們看到不少60公分長的巨型蜥蜴，當地人把這種動物叫做「胡瓜羅」(Jucuarú)。在這寧靜的午間，它們在枯葉中嬉鬧，互相追來

逐去……藍的、黑的大蝴蝶，在我們頭上輕拍翅膀。昆蟲發出的嗡嗡聲，

許多懶洋洋的聲音，加在一起，便得到一個有關這片荒僻之地的印象。從高得令人眩暈的樹木頂端，野果不時「噗噗」掉進水裡，那聲音使人驚跳。風吹過樹梢，拂動了希波籐（sipó），發出各種鳴吟聲…〔……〕

徒步前進時，我觀察到一種大蜘蛛的習性。這個小插曲值得敘述。

這種蜘蛛身長約五公分，腳長有18公分。身上、腳上都覆蓋了紅灰色的粗毛。這怪物的動作吸引了我：它貼在一個很深的樹洞下方，樹洞口掛著一張白色的厚蛛網。蛛網下半部被撕碎了，兩只小雀黏在網上。這鳥有金絲翅大小，好像是雌雄一對。一隻已經死了；另一隻在蜘蛛身下奄奄一息，鳥身上沾滿了蜘蛛的唾沫。我趕走了蜘蛛，取下兩隻鳥；另一隻也死

了。有一天，一家為我們蒐集標本的印第安人的孩子，帶著一隻可怕的蟲子回家。他把繩子捆在蟲子腰上，像蹓狗似的。〔……〕

10月6日，我們離開埃卡村（在索里梅斯河上）去作另一次旅行。這次，我們想到森林的池塘裡捕一些小烏龜。只有內行的獵人才知道這些池塘在那裡。我們從埃卡出發時，帶了一位人稱行家的獵手，他叫佩得羅（Pedro）。後來我們途經斯皮穆尼村（Sbimuni）時，又叫來了達尼爾（Daniel）充當嚮導助手。

把魚網弄成環狀安置好以後，大家全都下水去趕烏龜。不料，一條凱門鱷掉入了網內。沒有人驚慌失措，只擔心這動物會把網咬破。有人叫：「我碰到它的頭！」另一個叫道：「它抓傷了我的腿！」一個乾瘦的米拉納人跌倒了，引起大家的笑聲和尖叫。最後，一個十四歲的少年，聽了我在岸上的命令，緊緊抓住鱷魚的尾巴，吃力地慢慢把它拖到岸上。網打開以後，男孩子把這動物慢慢拉到百來公尺以外的泥潭裡。

我砍了一根粗大的樹枝。當這條凱門鱷在我旁邊時，我朝它顱頂狠敲一下，把它打死了。這條鱷魚相當大，頜長50公分，可以一下子咬斷一條人腿。這是巨型凱門鱷的一種，亞馬遜地區的印第安人叫它「雅卡雷于阿絮」（Jacaréuassú）……

土著人既害怕大凱門鱷，卻又藐視它。我在埃卡村西邊三十公里處的凱莎村住過一個月，這是個半開化的印第安人小村莊。

水位很低，因此碼頭和村子的浴場都設在長堤的斜坡下。一條大凱門鱷出現在不太深的泥水裡。大家都小心謹慎地洗澡；大多數人只在岸上用一個葫蘆往身上澆水。這時候，帕拉商人索阿雷斯的大獨木舟到港了。

印第安人船員一如往常，度過了兩天酗酒和放蕩的生活。最炎熱的時候，大家都在午睡，一個喝得醉醺醺的男子嚷著，要一個人去洗澡。只有老人德帕茲在屋後的圍廊，躺在吊牀裡納涼，正好朝著堤岸看。他看見了那個酒醉的男人，對他喊：注意凱門鱷。沒等老人再喊一遍，他就看到那男人搖晃了一下。一張血盆大口從水中伸出，咬住了男人的腰，將他拖下水去。犧牲者的生命最後信號，是一聲呼救：「啊喲，上帝!」

貝茨
《亞馬遜河上的博物學家》
1863年

亞馬遜河狂熱症

巴西的大夢。

渺無人跡的 450 萬平方公里土地。地球之肺。世界的穀倉。這塊富饒的腹地讓巴西產生了樂觀主義，也製造了「明天再說」的決策方式。已故巴西總統華加斯（Vargas）說過：「在那裡，有一片無人的土地，等待著無土地的人。」

巴西人是「亞馬遜河狂」……巴西人染上一種奇怪的病。他們高舉雙臂，熱情地奔向不十分確切的道路。這些道路，通向國家地圖上方，那塊綠色而潮濕，長滿苔蘚的地方。大城市淘汰下來的人，蔗糖地區破產的人，各種膚色的賤民，全擁過來。全巴西的好事之徒、政治人物、巴伊亞光明派（Bahia）的聖職人員也來湊熱鬧。連雷西腓（Recife）的大主教，都相信「上帝是亞馬遜人」。

「前途在亞馬遜河流域。」這是經濟學家拉莫斯（Paul Ramos）說的。「如果亞馬遜地區是一個國家，它可排在澳大利亞和印度之後，是世界第七大國。如果砍掉這裡所有的森林，地球上就消失了三分之一的森林面積。如果把亞馬遜河及其支流的水排乾，地球水量就將減少五分之一。如果……」

「如果」這字眼，黏連著希望和夢想。里約貧民區中流傳一首歌：「明天，伙計。明天，你就可以伸出手，幫助那塊已經疲憊，資源也枯竭的舊大陸；你向他獻上亞馬遜河流域的寶庫。明天……」

明天已經來臨

從1960年起，巨型的森林堆土機，在熱帶莽林中，以每小時六公里的速度，開闢八公尺寬的道路。連接巴西利亞省和貝倫省的荊棘林帶，首當其

衝，很快就被推平；成千上萬名農夫從這裡湧入，渴望能夠得到「綠色金子」。他們很快就被隔離，然後被吞沒，葬身在森林墓地裡。

有時可以遇見悲慘的農耕者（caboclos），一動不動地坐在河岸的小茅屋裡。他們種植少許木瓜和香蕉，以此勉強度日。這些人的臉上流露一種神情，使人想起印第安人的悽愴，以及最早來到美洲的西洲牙士兵那股傲氣。

在1966年，展開了第二次「亞馬遜行動」。亞馬遜地區開發管理局（SUDAM），臨時提出一個計劃，條件對投資者（特別是外國資本）十分有利。管理局爲了證明誠意，在創紀錄的短時間裡，制定了一個「深入綱領」：要在15年內修建成15,000公里長的鐵路，3,000公里的石子路，14,000公里的泥路，以及從南克魯賽羅到若昂佩索阿，連接巴西東西兩端，長4,300公里的橫貫亞馬遜大通道。

爲了這條「偉大的道路」，狂熱的巴西人嗓子喊到沙啞，一公尺一公尺向前走，竭力讚美那推倒樹木的推土機。他們趕走猿猴，驚動原始印第安居民。這些原始部落，從石器時代開始就住在森林裡，初次來到白人世界，現在染上傳染病，並且酗酒。從圭亞那到秘魯，從波多韋柳港到馬瑙斯，從庫亞巴到聖塔倫，工人們放火

燒地，夷平樹林，破壞環境。

一切功夫完全白費力氣。亞馬遜河地區開發管理局1966年提出一萬件提案，其中只有一百件得以實施，而得到成績的更是極小部分。在12萬平方公里已清除的森林土地中，僅僅只留下少數田地，由幻想破滅的農耕者勉強經營。1976年起，政府承認失敗。創立新區原本享有的財稅減免，現在取消了。人口開始遷出，而不再鼓勵向內移民。

亞馬遜森林並不符合人們的期待。這尊偶像的腳是泥做的。它的富庶是依賴天氣，並非土壤肥沃。火燒地的輪耕制，是這片貧瘠而且已失去腐殖質的土地上，唯一可以實施的方法；而最多只能種植少量木薯、穀物、水稻和菸草。在兩個季節耕種之後，由於雨水和洪流的沖刷，地力會耗盡，變成不毛之地。要使土地重新能恢復生產力，需要有投資。

水庫：1. 使用中　2. 興建中　3. 計劃興建處　4. 値得開發地點

委內瑞拉　圭亞那　蘇利南　大西洋　巴西

1 - In operation
2 - Under construction
3 - Planned
4 - Potential projects

虛假的成績

在聖塔倫北部的胡椒園裡，最近有一個日本小組實驗成功。在這個園區，每株幼苗都栽種在一個土缽子裡。在馬托格羅索省，田野上播種的飼料植物，適合作牲畜糧食。有人在那裡養牛，十年生產了一千萬頭。農業部的人高談成就。

「這些成就來自於那些投機的土地買賣人。他們買下沒有繪在地圖上的土地，他們只花了少少的錢，而引起了虛假的繁榮。」德‧桑托斯（Oliveras Do Santos），告訴他聖保羅大學的學生，亞馬遜河地區是個圈套，是煙幕彈，政府以此來粉飾貧困與饑餓。

「這一切都要付出代價。在我們國家，饑荒之所以日益嚴重，是由於追加的經濟計劃流產，刺激投資的措施形同虛設，開發目標不合理又不切實際。從饑荒中，竟產生了利潤、紅利、酬金、收入、股息、信貸傭金、證金交易所裡的投機活動。黃金、鑽石、咖啡、可可、糖、黃麻、棉花等，還未加工或收穫，就已經被多次轉售了。小生產者砍光了自己土地上的樹木；而挨餓的礦工把山體挖得滿目瘡痍。」教授非常清醒：「請注意：亞馬遜河地區可能會成為鉅富，但也可能不會。」〔……〕

（根據經濟學家德爾拉桑特〔Piro Del Lasante〕的理論）：「該停止短期的經濟和政治行為了。如果希望我們的前途是亞馬遜式的，我們就應該務實。」德‧桑托斯教授質疑：「目前亞馬遜河地區的發展，需要為每個移民花費10,000美元。然而，該地區人口只有全國的5％，只生產國民經濟總收入的3％。這樣是否得不償失？」

曼努埃拉20歲，是一位黑白混血的姑娘。她來自里約貝雅弗洛的貧民窟。她站在用一塊用鐵皮釘在兩段樹幹搭成的陽台上，凝視周圍的景像。污穢的貧民窟，連綿地在內，每平方公里住了30,000人，汽油桶上種了大麻。這是她的最後一瞥。明天清晨，她將把飢餓和希望一起裝上公共汽車，戲稱為「鸚鵡架」的公車，擁擠不堪，搖搖晃晃。她要坐一個星期的車，穿越巴西。旅程結束時，她就要在一條不知名的河邊，開墾一塊小種植園，她的丈夫奧克塔納奧，會去一個錫礦場工作。兩個努力追尋夢想的人，要闖進綠色的地獄，希望能挖掘到蘊藏在那裡的財富。神話的力量究竟有多大，是難以揣度的。

貝奈（Guy-Pierre Bennet）
《朝代》（*Dynasteur*）
1987年11月號

埃爾夫-阿基坦事件

80年代初期，巴西政府同意，埃夫-

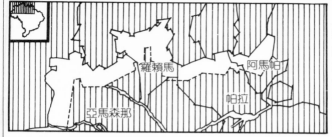

「北部戰壕」軍事計劃區, 沿著巴西的國境線深入雨林。

阿基坦 (Elf-Aquitaine) 的子公司, 巴西埃爾夫公司, 有權在亞馬遜州的薩特雷-馬韋族 (Sateré-Mawé) 和蒙杜魯庫族 (Mundurucu) 印第安人的領土上勘探。巴西全國印第安人基金會 (FUNAI) 竟也同意; 這是違背該機構的宗旨的。

勘探者在森林中開闢了三百多公里的小路, 在路上安放炸藥, 炸毀了原始植物, 獵物四處逃竄。此外, 印第安人用白人留下的炸藥和雷管, 學他們見過的工人操作的方法去炸魚。這又引起了四起死亡事故。他們群居的生活方式, 受到這些事件的極大干擾。宿營的工人們加劇了印第安人酗酒, 以及婦女賣淫的惡習。

在巴西人類學協會的支持之下, 印第安人向當局提出抗議。當局傳訊了埃爾夫-阿基坦公司、巴西埃爾夫公司、巴西全國石油營業公司, 以及巴西全國印第安人基金會。參議院公布了一份公報。最後, 巴西人類學協會和土著勞動中心, 聯名邀請法國高等研究院研究室主任, 德雷菲斯-加

默蓉 (Simone Dreyfus-Gamelon) 女士, 來做實地調查; 她是亞馬遜河流域人類學專家。

1984年, 德雷菲斯-加默蓉在馬瑙斯召集了一次討論會。各國石油公司的代表、有關的政府部門 (包括巴西全國印第安人基金會)、各族印第安人和支持者 (其中有巴西民主法學家協會主席), 面對面地坐在一起。

迫於壓力, 巴西埃爾夫公司收起行裝撤退, 印第安人得到了公正的賠償。他們用賠款購買了汽艇。現在他們能夠自己去馬瑙斯出售手工藝品了, 以前都是由巴西全國印第安人基金會作中間商的, 商人當然懂得如何剝削印第安人。

巴西新聞界把這事件宣揚成「偉大的創舉」, 必定會為日後類似的事件樹立先例。這事件說明了傳統土著社會有多脆弱, 但他們為保衛自己利益所採的聯合行動, 以及科學機構對他們的支持, 可以是十分有效的。

蓋爾布朗

前途

亞馬遜土著人民所面臨的威脅，不是發展過程中「令人遺憾」的後果，而是有關我們全人類存在的事實。印第安人的記憶就是全人類的記憶，他們的文化遺產，也就是我們的文化遺產。印第安人的存在，與全人類的生命是不可分割的。

印第安人正處於時代的分界線上

里貝羅從來沒有把印第安人看成是研究對象；他從不把他們放在顯微鏡下去觀察。他與印第安人共同生活了十年，熟悉他們，瞭解他們。今天，他有足夠的權利來反映印第安人的思想，代表他們發表意見。〔……〕

雷亞爾（以下簡稱雷）：一提到印第安人問題，總有人說這是一個該由白人去解決的問題。這是否意味一種殖民主義的態度？

　里貝羅（以下簡稱里）：首先我要糾正一個想法。如果稱它是印第安問題或土著人民的問題，就是把事情顛倒了。因為問題出在另一方面，是社會的問題，文明的問題。如果幾百年來印第安人未受侵略，他們現在會過得很好。

　雷：難道殖民在印第安部族內部也引起分裂嗎？

　里：是的。本來，這兒一切都以部族的關係為基礎。當先進文明出現時，簡直像瘟疫。印第安人以為他們會和一個平等的部族打交道，但是後來他們發現差距極大。一天，一個和我一起參觀一座城市的印第安人對我說：「太可怕了，人多得像螞蟻！」白人來了以後，他們的價值徹底擾亂了。印第安人自以為是受神恩寵的部族，不料突然出現了一個更強大，人數更多的部族。

由於各部族的巫師不同，就產生了信仰的糾紛。他們再也不知道該怎麼辦。當他們發現，敵人竟是擁有飛機這種「鋼鐵大鳥」的人時，他們完全不知所措了。白人抵達後，印第安人開始面對悲劇性的問題，包括他們的異化。〔……〕

雷：*一些新的疾病出現，後果比人們想像的更嚴重吧？*

里：一場生物戰爭已經開始。當科爾特斯登陸墨西哥時，他沒有遇到任何抵抗。不僅僅是因為他被當作神，也因為他的士兵很快就把疾病傳染給整個民族。城市裡堆滿印第安人的屍體，而白人立刻可以動員起百萬士兵。面對洪水猛獸般的疾病，巫師根本無計可施。因此，他們也像神話一樣，被另眼相待。後果非常嚴重。

雷：*所有探險的人都是基督教徒，這事實有什麼重要意義嗎？*

里：當然有！傳教士有一種十字軍的傳統精神。西方基督教文明當真以仁慈為本嗎？這個神話現在應當結束了。其實，基督教是最粗暴，最有擴張主義色彩的文明。新教徒和天主教徒沒有兩樣。〔……〕

雷：*怎樣評價一個傳教士？*

里：傳教士是異端分子。他們喜歡嘲弄別人奉為神聖的事物，玷污別的民族最尊敬的圖騰。傳教士的極樂，就是被印第安人殺死；因為他只和上帝有關係，而和印第安人沒有關係。印第安人只是他達到聖潔的一個藉口。

雷：*印第安人和白人為什麼會起衝突呢？*

里：白人總認為自己主宰一切，他們以自己的平等主張，來確定印第安人的權利。因此，他們可以隨心所欲地分配土地給印第安人，也可以從他們手中奪回土地。但是，土地問題在巴西並不嚴重，因為印第安人很少。他們曾經有 600 萬人，而目前只剩下22萬。

以前印第安人和其他民族人數相等時，土地也許是個問題，但這問題現在已不復存在。很明顯，現在的衝突不在於民族之間；而是在於相鄰的互相覬覦土地的小農民之間——在巴西、秘魯、玻利維亞都是如此。在巴西有許多問題，但不是印第安人的問題。不管怎麼說，這不是一個全國性的問題。〔……〕

雷：*那麼，對於巴西來說，這些問題意味什麼？*

里：只不過是挑戰罷了。這是一個榮譽問題，國家不能坐視剩下的印第安人被殺害。所以，印第安人唯一的武器，是輿論。不能對國家施加壓力，以求中止它的。在巴西歷史的各個時期，都曾發生過保衛或進攻印第安人的事件。

在朗頓將軍領導下，開始於1910年的保衛印第安人運動，有很大的變

化。傳教士向來只關心信仰改宗，而朗頓的方式截然不同。他讓印第安人維持他們原有的身分，給他們土地，讓他們平靜地生活。

但是最近幾年，一切都變了。控制全國印第安人基金會的人，是以暴力方式對待印第安人的軍人。巴西全國都實行了專制的軍事獨裁。

還有另一種現象，帶有反對印第安人的色彩，那就是移民，主要是歐洲移民。蓋澤爾（Geisel）將軍就是這類移民的典型範例。他們希望把印第安人改造成「正常的人」。蓋澤爾當過總統。他的父母是德國人，他到12歲，一直還只說德語，但他覺得自己是個巴西人。他不明白，千百年來一直是本地居民的印第安人，為什麼拒絕成為巴西人。

就是因為同化沒有成功，所以印第安人的權利受到嘲弄。這個同化觀念只是文明人的想法。〔……〕

雷：不過，也有一些混血人種的例子吧？

里：住有混血人種的地區，只是在印第安婦女被白人或黑人搶劫，或被強姦的情況下發展。這樣就產生了一個人數不多的人種，而且人口開始增加。隨著這種居民的增多，土著印第安人就變少了。有時，印第安人會站在文明疆界的另一邊。只是，這疆界是活動的，它只取決於文明本身。這意思就是說，如果疆界不斷推進，

印第安人又會與自己狩獵或捕魚的土地分離。

雷：您本人希望印第安人在社會生活中佔一席之地嗎？

里：那是當然的。但我更希望，印第安人在巴西的「政治」生活中，也能有地位。並不是我個人有這種意見，而是印第安人本身的要求。政治舞台一直由能寫會讀的人霸佔，現在該讓別人也有發言權。

雷：印第安人與文明之間的關係，最終常常被概括為比例問題……

里：我們當然不能援用相同的方法，來設想所有拉丁美洲國家的問題。有些民族很大，就如克丘亞人有六百萬，艾馬拉人有一千萬，他們顯然很重要。〔……〕

但是，拉丁美洲90%的印第安人來自少數民族。沒有人有任何權利，可以說少數民族要被同化。他們當然需要接觸文明（如藥物），但他們並不要變成「文明人」。有些部落，儘管土地被剝奪了一百多年，但是他們從來沒有被同化。

雷：目前教會對待印第安人的態度如何？

里：自從教皇若望23世上任以來，方向有了很大的改變。拉丁美洲的教會正在反省歷史，回顧他們以前所犯的錯誤。現在的傳教士，也會著重維護印第安人的利益，這是以往從未見過的。比如說，和塔皮拉佩人

（Tapirapé）一起生活的富戈兄弟會（Frères de Foucauld）傳教士，成績不惡。他們幫助土著人民恢復了一些傳統。30年前，塔皮拉佩人只有一百左右，現在已有五百多人。

但是也有一些傳教士要使印第安人消聲匿跡，如撒勒爵會（Salesian）的教士和新教徒……

雷：美洲的人類學與歐洲的人類學有什麼不同？

里：不，不能說這兩者之間有什麼區別。但是仍然應該注意到，歐洲的人類學過去一直是帶著種族主義的，旨在確認白人的優越性，為他們帶有殖民主義性質的政治而服務。

本質上，這是掠奪的、不人道的人類學，它不考慮印第安人生活的環境。這是抽象的研究，只關心神話，不注意他們的具體情況；從科學的觀點來看這種人類學，也會發現它是錯誤的。就好比有人在1945年，冒著轟炸，在柏林研究家庭結構或詩歌創作。簡直荒謬透頂。

現在，有一種新運動正在發展，方向正確得多了。這種運動的目的，是要把屬於印第安人的東西，還給他們；特別是藉由19世紀的照片，讓他們認識自己的祖先。這種類型的人類

學是比較科學的，因為它考慮到一切因素；同時也是很負責任的，不打算背著印第安人寫書，而是和他們共同著作。

雷：在巴西，人們該怎樣認定自己究竟是印第安人或是黑人？

里：這會是巴西人永遠的問題。印第安人和黑人是巴西兩個基本的人種，但是歐洲血統也帶來影響。在巴西感覺自己像歐洲人是很好的，作為黑人就很糟糕，感到自己是印第安人倒不差。因此，黑人如果能確認自己具有印第安人血統，會使他們忘掉自己的黑種人氣質。

過去曾經有一個大規模的土著化運動。不少黑白混血兒，臆想自己具有印第安人血統，而忘記自己有黑人的血統。這是太浪漫了些。〔……〕

雷：但是後來又有一個黑人確認自己黑人血統的運動吧？

里：是的。在美國，60年代就有過這樣的運動。當我在政變後回到巴西時，我感覺到這種運動的影響。

但現在有一種傾向，阻止了黑人真正的尋根。有人希望黑人去跳跳森巴舞，表現一下巴西黑人固有的民間藝術形象。有人在里約看到黑人穿著有美國國旗的襯衫，或者迷戀加勒比音樂，或者迷戀節奏強烈的黑人音樂，就覺得這是黑人自我承認的真正的方式。不過，這卻是使很多人產生困惑的事情。

雷：保衛印第安人的運動該採用什麼形式？

里：當今出現了一個新現象，青年人認為，支持印第安人運動不再是白人有愧的表徵，而是文明失敗的證明。〔……〕巴西和美國不同。我們是同化論者。巴西是混血的巴西，所以我們在一個非黑人的巴西，必須要接納黑人。使巴西「白人化」這種意識形態，是有種族主義色彩的。但是印第安人不能有這種意識形態，因為他們人數太少。在巴西，印第安人無足輕重，正因為如此，他們才會有絕種的危險。

〈巴西〉專輯
《不同》雜誌（*Autrement*）
1982年11月號

亞馬遜河流域的暴力

淘金者、印第安人和和印第安的信徒之間，本就有衝突；在發現許多地下資源的地區，衝突更多了。

〔……〕由於礦產和稀土金屬的開發，加上準備修訂巴西新憲法，於是，在亞馬遜河流域的暴力發展顯得特別尖銳。憲法修訂是今年的大事，這把通貨膨脹和外債問題擠到次要的地位。印第安人和全國其他少數民族一樣，希望能在這次憲法修定中，反映自己的心聲。

當然，印第安人是提出了要求；但是他們不孤單：因為保衛印第安人利益的集團，把世界各地的年輕天主教徒、傳教士、人類學家和生態學家團結在一起。這個集團最近的行動，在上星期由《聖保羅埃斯塔多日報》披露出來。這項行動揭發了一個國際「陰謀」，一個意欲剝奪巴西對亞馬遜河流域部分主權的活動。

在這個聽來像偵探小說的事件裡面，被告是「本土傳教士理事會」（CIMI），一個保護印第安人權利不遺餘力的基督教運動，以及另一些看似不相干的組織，如一個以費爾德基希（Leichtenstein，列支登士敦）為根據地的小教派。聖保羅的日報說，本土傳教士理事會表示，希望把整個亞馬遜河流域——從委內瑞拉、哥倫比亞、秘魯直到圭亞那——看作是「世界的遺產」，只允許本地的土著民族使用其土地，包括一切墾植和礦產採掘等開發行動。

本土傳教士理事會認為，自己的行動是在維護印第安人財富與權利，而不是損害巴西的主權。印第安人在巴西現行的立法中，沒有公民身分，沒有公民權，是半無能的個體，但享有永久的救濟，特別是醫療護理。這救濟由全國印第安人基金會統籌管理，但條件很有限，而要關心約有二十二萬的印第安人。

這些印第安人生活在非常不同的

就在雨林深處，蓋起一座座廠房。

環境裡。和外界非常隔絕的部落，成為特別關注的對象；因為他們極少與現代生活接觸，同時也有身為原始部落的文明遺產價值。在巴西領土上，人數在 6,000 至 9,000 之間的雅諾馬米人，正是屬於這一類。但是可以說他們倒霉吧，在內格羅河上游他們的領地內，現在已找到一些優良的金礦和稀土金屬礦（鈾、鉬、鉑等等）。

勘探和開採礦產的，大多是一些集團，例如拉坎勃（Lacombe）的「帕拉那帕納馬」（Paranapanema）公司，以及由紅光滿面的勒納特（Elton Röhnelt）領導的「金馬遜」（Goldmazon）公司。

勒納特在木材生意上發了財，1982年決定要投資探礦。如今，他在全亞馬遜河流域都設立了開發中心。他後來指責慈善機構和傳教士組織，說他們對印第安人提供的救濟毫無成效。當大家在談論「陰謀」時，他也揭發了幾個國際集團，說他們阻撓巴西人開發自己的地下資源。

他認為，解決印第安問題的必由之路——仍然不能觸動與世隔絕的部落——乃是把已經半開化的部落合併起來，同時還要和他們分享開發所得的成果。他認為，對於半開化的印第安人來說，若要把他們從目前默默承受貧困的慘境中解救出來，這是唯一的方式。

但是，勒納特的願望擋不住淘金狂潮。這些無法無天的「異鄉客」，湧向禁止入內的領地，如入無人之境。〔……〕

貝塔凡（Jean-Louis Paytavin）
《費加洛報》
1987年8月23日

印第安權力
有一塊大陸發現了自己的特點

由於中產階級的勢力抬頭，拉丁美洲開始接受自己的混合血統。這當然是拉丁文明的特色，但也是印第安文明的特色。拉丁美洲文學把這特色介紹給全世界。一個由各民族研究者組成的新浪潮出現了，直湧進森林裡。他們不再從事活的考古學，而隨時準備要為他們視為同胞的人民來服務，幫助他們反映自身的願望。就這樣，亞馬遜河流域高牆上現出缺口了。

從1978年起，巴黎的《美洲文化研究會每日新聞》，開闢了定期專欄

《美洲印第安人信息總匯》（GIA）。這個專欄一面和實地研究保持聯繫，另一方面則和世界各地的科學或人道主義組織保持聯繫。這些組織包括「國際倖存者組織」（倫敦和巴黎）、「世界土著民族事務聯盟」（IWGIA，哥本哈根）等。

享有特權的對話者：傳教士

若干教會與以前的民族集團中心主義決裂，急步跟上。巴西的本地傳教士理事會為了適應需要，不惜和巴西全國印第安人基金會、土著民族資料全體教會理事會（CEDIC）等組織斷絕關係，以教士傳統的耐心，編纂了一份完整的土著部落名錄，共四卷，分18次公布。

奧里諾科河上游的撒勒爵會傳教士，在當地尊重雅諾馬米人的傳統身分，幫助他們準備應付外來文明造成的衝擊。此外，卡布基會修士和其他教派傳教士，所堅持的傳統父權主義作法，也獲得褒貶不一的成就。從北美洲來的新教徒，傳道情況比較嚴重。與殺害印第安人的劊子手有關聯的「暑期語言學院」和「新佈道團」，激起憤慨，被逐出各國。

給印第安人發言權

印第安人清醒了，意識到自己手上的王牌，以及應當防止的危險；他們在許多地方掌管自己的事務。亞馬遜河流域建立了各級互助和自衛的協會。

在這金字塔式的組織頂上，和聯合國有關係的，是南美洲印第安理事會（CISA），總部設在利馬，加入了玻利維亞的世界土著民族理事會（WCIP或CIDOB）。其他的組織還有：赤道亞馬遜地區土著民族聯合會（ONIC）、秘魯赤道森林各民族發展協會（AIDESEP）、哥倫比亞全國土著組織（ONIC）、巴西印第安民族聯合會（UNI）。

這證明了一點：有能力和白人坐在一張談判桌上的印第安人，為了他們的基本權利，終於起而鬥爭。同時也表明一項事實：與當今世界融合，並不必然會使文化佚失，他們也未必會變成無業遊民。

牢固的部族團結，是他們成功的件。他們已經知道這一點。亞馬遜河流域的90萬印第安人中（1987），有一大部分參加了這行動。

其他人怎麼樣了呢？雅諾馬米人的情況不就顯示了嗎？今日這些印第安部落的狀況是很不穩定的。怎樣才能找到一條道路，既不損害自己的肉體和靈魂，又不超越自己風俗，這些印第安人茫然無知——有的也許是根本沒有能力。

蓋爾布朗

大事紀

1492　哥倫布發現美洲。

1493　教皇亞歷山大六世諭旨，規定所有在加納利群島以東發現的土地歸葡萄牙，以西的土地屬西班牙。

1494　西班牙和葡萄牙之間的「托德西拉斯條約」，將教皇規定的疆界線往西移動 310 公里。

1497-1500　維哲西航行中發現了哥倫比亞和委內瑞拉海岸，並抵達奧里諾科河河口。

1500　葡萄牙探險家卡布拉爾（Pedro Alvares Cabral）發現巴西。潘松船長發現亞馬遜河河口。

1513　西班牙人巴爾波穿越巴拿馬地峽。他是第一個看見太平洋的歐洲人。

1519-20　麥哲倫首次環球航行並繞過美洲。

1519-26　科爾特斯征服墨西哥。

1526　讓‧加波（Jean Cabot）往巴拉圭河上游航行。

1532-35　皮薩羅和德‧阿爾馬格羅（Diego de Almagro）征服秘魯。

1537　奧雷利亞納建立瓜亞基爾城。

1538　德阿爾馬格羅被皮薩羅處以絞刑。

1541　「肉桂」探險開始。
　　　數學家暨地理學家麥卡托繪製地圖，確認美洲不是印度。

1542　8 月 24 日，奧雷利亞納抵達亞馬遜河河口。拉‧卡薩（Las Casas）獲得查理一世的新頒法令。

1548　皮薩羅被處決。

1555-65　法國在里約熱內盧建立南極法蘭西基地。

1560　烏爾蘇阿進行探險。阿基雷叛亂。

1593-95　凱密斯和羅利在圭亞那探險。

1612-15　赤道法蘭西在馬拉尼昂建立。

1617-18　羅利在圭亞那第二次探險。探險歸來後他被處決。

1637-38　得克拉從貝倫出發，沿亞馬遜河上溯基多。

1638-39　得克拉和阿庫那神父從基多原路返回貝倫。

1640-68　法國、英國、荷蘭爭奪圭亞那。

1641　阿庫那神父在馬德里發表《發現亞馬遜河》。

1669　巴拉城（日後的馬瑙斯）建立。

1682　阿庫那的報告譯成法文。

1717　弗里茨神父 1690 年繪製的亞馬遜河地圖，在巴黎公布。

1743　拉‧孔達米納前往亞馬遜河。

1754　傳教士被逐出巴西。

1770　普利斯特利發明擦字橡皮。

1783-92　葡萄牙博物學家費雷拉前往南美。

1799-1800　洪堡和蓬普朗（d'Aimé Bonpland）經過卡西基亞雷河，由奧里諾科河航行到內格羅河。

1817-20　德國學者斯皮克思和馬特烏斯，一同上溯亞馬遜河，並探勘雅普拉河和馬代拉河。

1822　巴西宣布獨立。

1823　麥金托什發明塗膠織物。

1826-34　德・奧爾比尼前往南美洲考察旅遊。

1839　固特異發明橡膠硬化法。

1840-44　德國探險家荀姆伯克兄弟兩人在圭亞那考察旅行。

1848　華萊士和貝茨去亞馬遜河流域。

1850　巴拉更名馬瑙斯，並成為省會。

1888　鄧祿普發明第一只充氣輪胎。

1890　布思航運公司開闢利物浦和馬瑙斯之間的海運航線。

1892　米其林發明可拆卸輪胎。

1896　馬瑙斯劇院開張。

1910　朗頓上校創建印第安保護局。

1911-13　庫赫-格林貝格（Koch-Grünberg）從巴西東北部的羅賴馬（Roraïma）地區，往奧里諾科河進行考察旅遊。

1913　橡膠樹種被偷運至馬來西亞；馬瑙斯破產。

1913-14　卸任的美國總統羅斯福，由朗頓上校陪同，前往亞馬遜流域，探勘馬代拉河的支流泰奧多洛河（Teodoro）；後來此河改名為羅斯福河。

1924-25　雷斯（H. Rice）探勘巴西的圭亞那地區：布朗庫河、布拉里庫拉河、帕里馬山谷。

1948-50　蓋爾布朗、蓋索、薩恩斯和菲什泰首次穿越帕里馬山脈，作奧里諾科河到亞馬遜河的探險。

1972　印第安人全國基金會成立，取代印第安保護局。

1975　創立南美洲印第安理事會。

1988年6月3日　巴西制定新憲法：印第安人有權擁有自己居留的土地，並且享有由這些土地上之自然資源所得之利益。

圖片目錄與出處

封面

戈亞納野人。石版畫。Jean-Baptiste Debret, 1834年。

扉頁

1-9　克雷沃的探險。《環遊世界》（1880-1881）的石版畫。
11　戈亞納野人。J.-B. Debret 製

第一章

12　南美洲地圖，1558年。倫敦大英圖書館。
13　野蠻女子，《南極法蘭西奇聞》插圖。泰韋繪製，1558年。
14　皮薩羅肖像。凡爾賽宮國家博物館。
15 上　基多附近的赤道安地斯山景，洪堡的美洲旅遊。水彩畫。巴黎航海歷史館。
15 下　肉桂商人。15世紀圖畫。Modène, Estense 博物館。
16　前進中的軍隊。彩色版畫。16世紀。載《美洲史》，Théodore de Bry 著，1596年版。
17 上　穿越安地斯山脈。原載《美洲史》，1602年版。
17 下　西班牙軍隊的旗手。版畫。16世紀。
18 上　皮薩羅放縱惡犬咬人。載《美洲史》，1602年版。
18 下　巴西的居民。彩色版畫。16世紀。
19　被征服前的印第安人的生活。版畫。16世紀版畫。巴黎 Forney 圖書館。
21　納波河上的印第安人。彩色石版畫。19世紀。無名氏畫。
22 上　納波河上印第安人的營地。版畫。16世紀。
22 下　造船圖。原載《美洲史》，1602年版。
23　西班牙人進攻一個印第安村寨。16世紀。無名氏畫。
24-25　南美洲地圖。馬丁尼茲繪，1587年。馬德里國家圖書館。
26 上　亞馬遜女勇士。版畫。原載《南極法蘭西奇聞》。泰韋，1558年。
26 下　印第安人的樂器。版畫。原載《奧里諾科河的人文地理自然史》，古米拉神父著。17世紀。
27　亞馬遜女勇士像。原載《宇宙誌》，Maillet 著，1685年。
28 上　戰鼓。17世紀。版畫。原載《奧里諾科河的人文地理自然史》。
28 下　野人作戰圖。版畫。《巴西旅遊紀實》，萊利著。La Rochelle 市。
29　巴西海岸圖。《美洲史》，1602年。
30　查理一世肖像。馬德里，普拉多博物館（Museo del Prado）。
31　皮薩羅之死。版畫。18世紀。無名氏畫。
32-33　亞馬遜河三角洲鳥瞰圖。攝影。Bruno Barbey 攝。
34　綠色地獄。攝影。Bruno Barbey 攝。
35　大河景觀。攝影。Collart-Odinetz 攝。
36　赤道森林紮營處。Nino Cirani 攝。
37　聖塔倫風景。攝影。

第二章

38　世界地圖。16世紀。巴黎國家圖書館。
39　美洲，《旅遊百科全書》卷首插圖，彩色版畫。Grasset de Saint Sauveur 繪。巴黎裝飾藝術圖書館。
40-41 上　亞馬遜女勇士作戰圖。錫安印花布，北義大利，14世紀。巴塞爾歷大博物館。
40 下　亞馬遜女勇士。石雕。
41　亞馬遜女勇士。版畫。《亞馬遜國通史》的插圖，Guybn 神父著。16世紀。巴黎國家圖書館。
42　鍍金人。版畫。《美洲史》插圖，1590年。

第三章

第四章

索引

出版者的信

寫這封信的時候，我有兩種立場：一種是出版者的，一種是當一個父親的。

身為出版者，我很自傲於這個工作與其他行業之不同：我們所服務的，是讀者的智慧；我們的每個產品，都有可能對全體人類發生深遠的影響。因此我很喜愛自己的工作，也忙碌於工作。

但是，不論埋首於案邊的報表，抑或飛行於各個書展之間，心中不時泛起一個惦念：我自己孩子的教育與閱讀。就一個成長期孩子的父親而言，我親自引導他進入知識領域的時間太少了。借用一種說法：你能為全天下人盡力，卻疏忽了自己孩子的成長，這又是多大的遺憾。

我相信這也是今天許多父母親的惦念。

因此，大約從五年前開始，我一直在尋找一個可以同時滿足我兩種立場的答案：一方面，我能夠把長期努力的摸索實現為成果，提供讀者一種新奇而有益的閱讀機會；一方面，也可以指引我自己孩子的成長──尤其在我沒法陪伴他一起閱讀的時候。

在我構想中，這一套書籍，應該具備幾項特點：

● 在題材的方向上，要擺脫狹隘的實用主義，能夠就一個人智慧的全方位發展，提供多元又豐富的選擇。

●在寫作的角度上，能夠跨越中國本位，以及近代過度受美、日文化之影響，為讀者提供接近世界觀的思考角度，因應國際化時代的需求。

●在設計與製作上，能夠呼應影像時代的視覺需求，以及富裕時代的精緻品味。

現在，經過漫長的摸索與企劃，我們終於推出了一個嘗試——《發現之旅》。

《發現之旅》主要參考了法國Gallimard出版公司Découvertes叢書的編輯精神。前面四輯，從Découvertes的200種書中選了40種推介給國內讀者；第五輯開始，則將推出結合海峽兩岸學者、專家的創作結晶。

回顧起來，這套叢書大致符合我們所想要嘗試的出版可能。這套書不只適合推薦給成長期的讀者，也是所有成年人探索知識的隨身伴侶——只要他對多元的知識領域還有探索的興趣。當然，在智慧的範疇裡，我們每個人都永遠處於成長期。

我必須感謝所有的企劃、寫作、翻譯、設計人士，及參與工作的全體同仁。沒有大家，我的心願無法成真，也沒有機會在這裡高興地寫這封信了。

不論從哪一種立場，我都真心向大家推薦這套《發現之旅》。

郝明義

發現之旅15

亞馬遜雨林
——人間最後的伊甸園

原著：Alain Gheerbrant
譯者：何敬業
發行人：孫思照
出版者：時報文化出版企業有限公司
　　　　台北108和平西路三段240號4樓
　　　　發行專線（02）3066842　讀者服務專線（02）3024094
　　　　（如果您對本書品質與服務有任何不滿的地方，請打這支電話。）
　　　　郵撥0103854～0時報出版公司
　　　　信箱：台北郵政79～99信箱
策劃：郝明義
美術顧問：吳勝天
印製監督：吳可明、王秀銀
美術編輯：張士勇、莊雅惠
主編：廖立文
執行編輯：陳郁馨
校訂：崔薏萍
排版：天翼電腦排版印刷股份有限公司
製版：高銘製版有限公司
印刷：沈氏藝術印刷股份有限公司
初版一刷：一九九四年十二月三十一日
定價：新台幣二〇〇元

國立中央圖書館出版品預行編目資料

亞馬遜雨林:人間最後的伊甸園 / Alain
Gheerbrant原著 ; 何敬業譯. -- 初版. -- 臺
北市 : 時報文化, 1994[民83]
　面 ; 　公分. -- (發現之旅 ; 15)
譯自 : L'Amazone, un géant blessé
含索引
ISBN 957-13-1556-7(平裝)

1. 亞馬遜河

757.182　　　　　　　　　　　　84000027

廣 告 回 郵
北區郵政管理局登
記證北台字1500號
免 貼 郵 票

時報出版

地址：台北市108和平西路三段240號4 F
電話：(02)3024094・(02)3086222轉8412～13(企劃部)
郵撥：0103854-0時報出版公司

請寄回這張服務卡(免貼郵票)，您可以——
●隨時收到最新的出版訊息。
●參加專為您設計的各項回饋優惠活動。

郵遞區號：

地址：

職業：①學生 ②公教(軍警) ③製造業 ④服務業
⑤金融 ⑥自由業 ⑦資訊 ⑧大眾傳播 ⑨自由業
⑩農漁牧 ⑪退休

學歷：①小學 ②國中 ③高中 ④大專 ⑤研究所(含以上)

出生日期： 年 月 日 身分證字號：

姓名： 性別：①男 ②女

編號：XB15 書名：悲情婦人林白

發現之旅
無限延伸的地平線
不斷探尋的眼睛和心靈

（下列資料請以數字填在每題前之空格處）

_____ **你從哪裡得知本書？**
1 書店　2 報紙　3 雜誌　4 電視　5 廣播
6 親友介紹　7 書展　8 DM廣告傳單　9 其他_____

_____ **請問這是別人送你的書嗎？**
1 是。由_____贈送　2 不是。自購　3 其他_____

_____ **你如何購買**①單冊②多冊③全套

你認為本書：
_____ 內容豐富完整①非常滿意②滿意③普通④不滿意⑤非常不滿意
_____ 文字通順優美①非常滿意②滿意③普通④不滿意⑤非常不滿意
_____ 圖片齊全詳細①非常滿意②滿意③普通④不滿意⑤非常不滿意
_____ 編輯仔細嚴謹①非常滿意②滿意③普通④不滿意⑤非常不滿意
_____ 封面／設計①非常滿意②滿意③普通④不滿意⑤非常不滿意
_____ 印刷精美①非常滿意②滿意③普通④不滿意⑤非常不滿意
_____ 定價合理①非常滿意②滿意③普通④不滿意⑤非常不滿意
其他意見_____

_____ **你為什麼購買《發現之旅》？（可複選）**
①內容及題材吸引人
②頗具出版創意，值得購藏
③圖片豐富，印刷精美
④對特定主題有興趣，想深入研究瞭解
⑤親友／同學／朋友推薦介紹
⑥特價促銷中，覺得划得來
⑦已有多國版本，對品質有信心
⑧其他_____

_____ **你會再購買《發現之旅》系列的書嗎？**
①會②不會。原因_____